名前のない殺人鬼

大石 圭

角川ホラー文庫
23474

目次

プロローグ

記録的に短かった梅雨が明けてから、連日、茹《う》だるような暑さが続いている。きょうも雲ひとつない快晴で、夏の朝日が暴力的なまでに照りつけている。

ふだんの僕は自宅から出ることがほとんどないから、夏の暑さを感じることは多くない。だが、きょうは早起きをして、この東京郊外の駅前のバスターミナルにやって来た。

巨大なバスターミナルには満員のバスが次々とやって来て、それらのバスから、このベッドタウンに暮らす人々が続々と地上に降り立つ。サラリーマンやＯＬ、大学生や専門学校生や高校生……中学生や小学生もいるし、老人たちの姿も見える。バスを降りた人のほとんどは巨大なターミナル駅へと向かっている。

それにしても蒸し暑い。まだ起きたばかりのはずなのに、多くの人々が疲れ切ったような顔をしている。

そんなバスターミナルの片隅、プラタナスの木陰に佇《たたず》んで、僕はバスから降りてきた人々の姿をぼんやりと眺めている。

僕のすぐ背後には婦人服店のショーウィンドウがあって、磨き上げられたそのガラスに栗色の髪を長く伸ばした若い女の姿が映っている。

若い女？　いや、そうではない。ショーウィンドウに映っているのは女装した僕だ。僕は華奢《きゃしゃ》な体に張りつくような白いノースリーブのワンピースを身につけ、長い栗色のカツラを被《かぶ》り、入念な化粧を施し、つけ睫毛《まつげ》をし、いくつものアクセサリーを光らせている。足元は、踵《かかと》の高い黒いエナメルのパンプスだ。手の爪を派手なネイルシールで彩り、スズランを思わせる甘い香りを漂わせている。

栗色の長い髪を片手でゆっくりと掻《か》き上げる。太い金のバングルがするすると、肘《ひじ》の辺りまで滑り落ちる。

そんな僕に、何人もの男たちが欲望のこもった視線を向ける。絡みつくかのようなその視線を、僕は剝《む》き出しの腕や脚にはっきりと感じる。

ハンカチを取り出す。化粧が崩れないように気をつけながら額の汗をそっと押さえる。

全身の皮膚が汗を噴き出し、鳩尾《みぞおち》から臍《へそ》へと流れ落ちていくのがわかる。すでに気温は三十度に達しているかもしれない。マイクロミニ丈のワンピースの裾《すそ》から吹き込んだ熱い風が、汗ばんだ太腿《ふともも》を撫《な》でるように吹き抜けていく。

手にしたスマートフォンがLINEの着信音を発する。李子《りこ》さんからだ。

『今、八番で降りる。あとはよろしく』

十数メートル先にある八番の停留所に視線を向ける。今まさに、そこに超満員のバスが停止したところだ。

すぐにバスの扉が開き、そこから大勢の人が溢《あふ》れ出るかのようにして降りてくる。

その中にターゲットの男がいる。間違いない。あの男だ。

男は整ってはいるが、神経質そうな顔立ちをしている。パーマをかけた少し長めの髪。洒落《しゃれ》た黒縁の眼鏡をかけ、鼻の下と顎《あご》の先に黒い髭《ひげ》を蓄えている。グレーの細身のスーツを身につけているが、そのスーツの上からでも筋肉質な体つきをしているのがはっきりと見て取れる。トライアスロンが趣味だという男は真っ黒に日焼けしている。

男のすぐ背後から、李子さんがバスを降りて来る。今朝の李子さんは白い半袖《はんそで》のサテンのブラウスに、膝丈《ひざたけ》のタイトなスカートを穿《は》いている。足元はいつものように、踵の高さが十センチ以上あるクリスチャン・ルブタンのオープントゥパンプスだ。スラリとしていて、とても美しい李子さんは、こんな人混みの中にいてもよく目立つ。

李子さんが一瞬、僕に視線を向ける。ふたりの視線が交差し、李子さんが静かに頷《うなず》く。その直後に、李子さんは駅に向かう人々の流れから逸《そ》れて、別の方向へと歩み去る。

僕はターゲットの男に視線を戻す。大きめのハンドバッグから取り出した黒いサングラスをかけ、白いマスクを素早くつける。

さあ、ミッション開始だ。


男から少し離れて、そのあとをつける。脚を踏み出すたびに、パンプスの踵がひどくぐらつく。

僕が履いているのも、李子さんから借りたクリスチャン・ルブタンのパンプスで、やはり踵の高さが十センチ以上ある。とても美しいパンプスだが、李子さんとは違って踵の高い靴を履くことに慣れていないから、僕の歩き方はかなりぎこちない。

ターゲットの男が改札口を抜け、駅の構内に入っていく。もちろん、僕も男に続く。

プラットフォームは無数の人々でごった返している。そこに新宿《しんじゅく》へと向かう急行電車がゆっくりと入ってくる。

扉が開く。降りて来る人はほとんどいない。たくさんの人々と一緒に、男は超満員のその電車に乗り込む。

冷房がかかり、扇風機もまわっているが、車内にはムッとするほどの熱気が立ち込めている。僕は人混みを掻き分けるようにしてターゲットの男に近づき、そのすぐ背後に立つ。男の体からは微《かす》かに、レモンやグレープフルーツを思わせる香りが立ち上っている。

駅員が客たちを力ずくで車内に押し込む。扉が閉まり、電車が動き出す。

身動きできないほどの車内で、男がスマートフォンを取り出す。男は経済新聞のようなものに視線を落としている。

急に誰かが、ワンピースの上から僕の尻《しり》に触れる。ゆっくりと撫でまわしてから、ワンピースの裾をまくり上げようとする。

僕はその手首を強く摑《つか》む。摑まれた誰かが、慌ててその手を引っ込める。

満員電車の中では毎日、何人もの女たちが、こんなふうに卑劣な男たちから痴漢の被害に遭っているのだろう。

　電車が次の駅に停止する直前に、僕はぴったりとした黒い革製の手袋を素早く両手に嵌《は》め、バッグの中からバーベキューに使うような長い金串《かなぐし》をそっと取り出す。その鋭い先端をターゲットの左の背中に慎重に近づける。

　そのことに気づいている乗客は誰もいない。

　静かに深呼吸をする。

　やるぞ、シュン。しっかりやれ。

　自分にそう言い聞かせる。そして、李子さんと一緒に何度も練習を繰り返したように、グラインダーで先端をさらに研ぎ澄ませたその金串を、スーツの上から男の心臓をめがけて一気に突き入れる。

　意外なほどに手応《てごた》えがない。だが、金串を突き入れられた瞬間、男が小さな呻《うめ》きを漏らす。その直後に、男はその場にしゃがみ込むかのように崩れ落ちる。

　驚いたふうを装いながら、僕は男から離れる。周りにいた何人かが、「どうかしましたか？」「大丈夫ですか？」などと男に声をかけている。だが、床に蹲《うずくま》った男はほとんど反応しない。

　すぐに電車が次の駅に停止する。僕は再び人混みを掻き分けるようにして電車を降りる。

　念のために振り返る。追って来るものはいない。呼び止める者もいない。

駅の女子トイレに入る。個室の中で手袋を取り、カツラを外し、ワンピースを脱ぎ捨てる。バッグから取り出したティーシャツとショートパンツを素早く身につけ、クリスチャン・ルブタンのパンプスを脱ぎ、代わりにビーチサンダルを履く。サングラスとマスクを外し、何度か深呼吸をしてからトイレを出る。

僕たちが乗って来た電車は、今もプラットフォームに停止したままだが、僕に刺された男はすでに電車から運び出されている。今はプラットフォームに仰向《あおむ》けに寝かされていて、何人かの駅員が声をかけている。だが、男はピクリとも動いていない。

僕は改札口に向かって歩き出す。


今に比べると、少し前の日本は誰にも見られずに人を殺すことが簡単だったのではないかと思う。今はいたるところに防犯カメラが設置されているし、多くの車にドライブレコーダーが搭載されている。それらのカメラから完全に身を隠すことは容易なことではない。

だが、それでも僕は前回に続き、今度も自分の役目を無事に果たした。

そう。今度も。

さっきの男は僕が殺したふたり目の人間だ。

第一章

1.

　窓辺の椅子に腰を下ろし、机の上のノート型パソコンに視線を向けている。僕の足元では三毛猫のモナカが仰向けになり、体を長く伸ばし、後ろ足を左右に広げた無防備な恰好《かっこう》でだらしなく眠っている。

　さっきちょっと庭に出てみたが、サウナの中にいるかのような蒸し暑さだ。予報によれば、最高気温はきょうも三十五度に達するらしい。けれど、エアコンの効いたこの部屋は、空気も乾いていてとても快適だ。

　ここは平屋建てのプレハブハウスで、李子さんが僕のために建ててくれたものだ。部屋はひとつだけだが、大きな窓がいくつもあるし、延べ床面積が六十平方メートル以上もあって、天井も高いから、とても明るくて広々としている。

　片づけられた室内には立派なキッチンがあり、キングサイズの大きなベッドと洒落たソファとテーブルのセットがあり、黒く光るグランドピアノがあり、ランニングマシンやフィットネスバイクやダンベルなどが置いてある。トイレも浴室も、どちらもとても広くて清潔だ。窓にはどれも、李子さんが選んでくれた美しいカーテンが掛けられている。

東側の窓の向こう、このプレハブハウスと同じ敷地内には白い洋館が建っている。僕たちが『母家《おもや》』と呼んでいるその洋館では、沼澤妙子《ぬまざわたえこ》さんと、その娘の李子さんが暮らしている。

ここは横浜《よこはま》市郊外、青葉《あおば》区内の閑静な高級住宅街で、広い庭を有した大きな家ばかりが建ち並んでいる。横浜市ではあるけれど、私鉄の急行電車に乗れば二十分ほどで渋谷《しぶや》に着く。

辺りに建つほかの家々と同じように、プレハブハウスと母家が建っている敷地の面積は三百平方メートルほどあってかなり広い。庭の周りは薔薇《ばら》の生垣にぐるりと囲まれているから、外からの視線が気になるようなことはほとんどない。

机の上のパソコンの画面には、きのうの朝、満員の電車の中で殺された会社員のニュースが映し出されている。村井直樹《むらいなおき》というその男は、バーベキューで使用されるような長い金串を、背中に深々と突き入れられたことによって死んだ。

李子さんとふたりで入念に立てた計画通り、長さ三十センチほどの研磨された金串は、スーツとワイシャツと、男の背中を覆う皮膚と、その下にある薄い皮下脂肪と筋肉を容易に突き抜け、男の心臓を正確に貫いた。おそらく、その直後に心臓から多量の血液が噴き出し、たぶん即死か、それに近い状態だったのだろう。死んだ男にさえ、自分の身に何が起きたか把握する時間もなかったに違いない。

鈍い銀色をしたステンレス製の金串は、命をなくした男の体内に残っていた。だが、犯人は今もわかっていない。男を刺した人物を目撃した人もいないようだ。

ネットニュースは被害者に同情的だ。

だが、僕は知っている。村井直樹というあの男は、死ぬべき人間だったのだ。

2.

村井直樹は三十八歳。東京都内の一流大学の経済学部を卒業後に大手電鉄会社に就職し、何回かの異動のあとで都心にある本社の営業部に配属された。会社ではやり手だと言われていて、同期入社の中でも出世は早かった。少し神経質で、几帳面《きちょうめん》すぎるようなところはあったが、責任感が強く、仕事が早くて正確なので、社内での評判は上々だった。

村井直樹は仕事のできる男だったが、仕事だけの人間ではなかった。彼にはいくつもの趣味があって、そのひとつがトライアスロンだった。

彼は会社帰りに毎日のようにスポーツクラブに通い、マシントレーニングをしたり、ランニングマシンで走ったり、フィットネスバイクを漕《こ》いだり、プールで泳いだりしていた。妻の沙也加《さやか》によれば、彼女の夫は全国各地で開かれるトライアスロンの大会に定期的に出場し、年に一度か二度は海外での大会にも参加していたのだという。

村井沙也加と夫の直樹は、かつては同じ営業部で働いていた。仕事ができて、顔立ちが整っていて、肉体的にも美しく、お洒落《しゃれ》で笑顔が魅力的な村井直樹は、職場の女たちに人気があった。

沙也加もそんな女たちのひとりで、彼が営業部に異動して来てすぐに『素敵な人だな』と思うようになった。だから、夫からプロポーズされた時には、意外だと感じると同時に、嬉《うれ》しくて天にも昇るような気持ちになった。

沙也加と夫は短い交際期間を経たのち、都内の一流ホテルにたくさんの人たちを招いて盛大な結婚式を挙げた。ハネムーンにはタヒチに行き、豪華な水上コテージで夢のような時間をすごした。沙也加は会社を辞め、専業主婦として暮らすようになった。

こんなに幸せでいいのだろうか。

あの頃の沙也加は一日に何度もそう感じたものだった。

けれど、浮かれた気分ですごせたのは、ほんの少しのあいだだけだった。ひとりっ子で、両親と四人の祖父母に溺愛《できあい》され、何不自由なく育ったという村井直樹には、会社の人たちやトライアスロンの仲間たちが知らない別の一面があったのだ。

沙也加の夫となった直樹は、わがままで強情で自分勝手で独善的で、手に負えない専制君主だった。さらには自己愛がとてつもなく強く、自分以外の人間を心から愛するということができなかった。彼は少しでも気に入らないことがあると、すぐに顔色を変え、凄《すさ》まじいまでの怒りを爆発させた。

本当は怖い人だったんだ。

ハネムーンから戻ってすぐに、沙也加はその事実を知った。

夫の直樹は家庭内のすべてのことを自分ひとりで決定し、妻には決して口を挟ませなかった。新居となったマンションの購入も、そこに置く家具も調度品も、食器や調理器具まで、彼は自分ひとりですべて決めてしまい、妻に相談することは一度もなかった。

夕食時に直樹は音楽を流したが、その選択も決して沙也加にはさせなかった。ふたりで行く映画もコンサートも旅行も、いつも直樹がひとりで決めた。

それだけでなく、直樹は妻のすることにいちいち注文をつけ、着る服や、化粧の仕方や髪型にまで口を挟んだ。もし沙也加が少しでも口答えしたり、自分の意見に異を唱えたりした時には怒りを爆発させた。

いったん怒りに火がつくと、夫は自分を抑えることができなくなり、聞くに絶えないような罵《のの》りのセリフを連発した。

それでも、最初のうちは、自分を罵倒《ばとう》する言葉に耐えているだけでよかった。だが、ある時を境に、夫は暴力を振るうようになった。

初めて頬を張られたのは、結婚して一ヶ月ほどがすぎた頃だった。夫のちょっとした失敗を目にして思わず失笑した沙也加の頬を、夫はいきなり平手で打ち据えたのだ。

暴力など一度も受けたことのない沙也加は、そのことに震え上がった。一度暴力を振るったことによって、タガが外れたのだろう。それを機に、夫の暴力はたちまちにしてエスカレートした。

その後の彼は怒りを爆発させるたびに、沙也加の襟首を鷲掴《わしづか》みにしたり、小突きまわしたり、頰に強烈な平手打ちを浴びせたりした。床に押さえ込んだ沙也加に馬乗りになり、失神するまで平手打ちを続けることもあったし、髪を鷲摑みにして後頭部を床に叩《たた》きつけることもあった。

結婚前から感じていたことだが、直樹には異常なほど潔癖なところがあり、家の中が少しでも散らかっていたり、窓ガラスが曇っていたり、キッチンや洗面所やトイレや浴室がちょっとでも汚れていたりすると、たとえそれが深夜であったとしても、すぐに掃除をするよう妻に命じた。もし、その命令に逆らえば……いや、「あした、やっておきます」と言っただけでも、またしても顔を真っ赤にして妻を罵り、殴る蹴《け》るの容赦ない暴力を振るった。

結婚前からわかっていたことだったが、直樹は性欲が極めて旺盛《おうせい》な男で、ほとんど夜ごとに妻の体を求めた。沙也加がどんなに疲れていても、そんな気分にはなれない時でも、自分がやりたいと感じた時には直樹は必ずそれをした。もし、沙也加が嫌がる素振りを少しでも見せると、またしても彼は怒りを爆発させ、妻を力でねじ伏せ、着ているものを毟《むし》り取り、レイプでもするかのように荒々しく犯した。

どうしてこんな人と結婚してしまったのだろう。

結婚して二ヶ月もしないうちに、沙也加は離婚を考え始めた。だが、沙也加がそれを決断する前に妊娠が判明した。

3.

結婚の直後から離婚を考えながらも、村井沙也加はとても長いあいだ、夫の奴隷であるかのような暮らしに耐え続けた。

そんなにも長く耐え続けることができたのは、娘の彩奈《あやな》の存在が大きかった。娘を父親のいない子にさせたくなかったのだ。シングルマザーとして娘を育てていくことに対する経済的な不安もあったから、自分さえ我慢すればすべてが丸く収まると考えてのことだった。

夫は会社員としては有能で、稼ぎも悪くなかった。外面がよくて、家から一歩外に出ればいつもにこやかだったから、同じマンションに暮らす人々には『いい夫』『優しい父親』だと思われていた。

彩奈が社会人になったら離婚を切り出そう。それまでは何とか耐えていこう。

夫のドメスティックヴァイオレンスに苦しみながらも、沙也加はそう考えていた。

けれど、やがて、沙也加さえ我慢していればそれでいい、ということにはならなくなってきた。夫の暴力の矛先が娘の彩奈へと向かい始めたのだ。今から一年と少し前、彩奈が小学校五年生になった頃からのことだった。

「彩奈のやつ、最近、わがままになってきた。今のうちにしっかりと躾《しつけ》をしておかないと、将来が思いやられる」

ある時、夫の直樹がそう口にするのを、沙也加は耳にした。そして、その直後から、娘への暴力が始まった。

夫は長女の彩奈に、自分の部屋をいつも整理整頓《せいとん》し、埃《ほこり》ひとつないよう清潔にしておくよう言いつけ、家長である自分に対しては敬語を使うように命じた。さらに、食事の時にテレビを見ることを禁じ、友人と長電話をすることを禁じ、厳密な門限を課し、学校のテストでは最低でも九十点以上を取るようにと命じ、自分が会社に出かけて行く時には必ず玄関で『行ってらっしゃい』と言って送り出し、戻った時にも玄関まで来て『お帰りなさい』と言って出迎えるようにと命じた。

娘がそれに従わない時や口答えした時、それにテストでの成績が思わしくなかった時などには、夫は娘を自分の前で正座させ、長時間にわたって罵った。

正座させた娘を罵倒しているうちに、夫はいつも感情を高ぶらせた。そして、最後には必ず、罰として容赦ない体罰を娘に下した。

それはまさに『容赦ない』という言葉が相応《ふさわ》しかった。娘の左右の頬に平手打ちを浴びせたり、腹部に拳《こぶし》を突き入れたりするのは日常的なことで、浴室に引き摺《ず》り込んで冷水のシャワーを浴びせかけることもあったし、下着だけの姿でベランダに放り出し、長時間にわたってそこに正座させることもあった。そして、最後はいつも泣きじゃくっている娘に土下座をさせ、床に額を擦《こす》りつけて自分に謝罪するように求めた。

「俺は彩奈が憎くてやっているんじゃない。これはすべて彩奈のためなんだ。彩奈が将来、困らないように躾《しつ》けているんだ」

夫はそう言って、自分のしていることを正当化した。

村井直樹はほとんど毎日のように娘を罵り、激しい暴力を振るい続けた。その凄まじい虐待に耐えられず、ついに彩奈は学校の担任教師に訴えた。その訴えによって、娘は児童相談所に保護され、母である沙也加は胸を撫《な》で下ろした。

だが、その直後に、村井は『娘は嘘をついている』と言って児童相談所に怒鳴り込んだ。そして、児童相談所の職員たちと長い押し問答を続けた末に、『もう二度と暴力を振るわない』という誓約書を書いて、半ば力ずくで娘の彩奈を自宅に連れ戻した。

ちょうど三ヶ月前、四月の終わりのことだった。

自分勝手な村井直樹は、娘の彩奈が担任教師に密告したことを『裏切られた』『顔に泥を塗られた』『後ろ足で砂をかけられた』と感じたようだった。

彼は児童相談所の人々の前で、これからは決して娘を怒鳴りつけたり、暴力を振るったりしないと誓ったという。それにもかかわらず、自宅に戻ってきた彩奈に対し、彼はこれまで以上に激しい暴行を加え始めた。

娘に対する直樹の行為は目を逸《そ》らしたくなるほど凄惨《せいさん》なもので、彩奈が失神してしまったことも一度や二度ではなかった。他人の目を恐れて、直樹は娘の顔にではなく、衣類で隠れる腹や背中や腰や太腿《ふともも》などに暴行を加えた。そのことによって、娘の体は青アザだらけになってしまった。

沙也加は、何とかして夫に暴行をやめさせようとした。だが、そのたびに、『口出しをするな』『これは躾なんだ』『お前がしっかりしないから、代わりに俺が躾けているんだ』などと大声で怒鳴られた。さらには、平手で頬を張られたり、腰や太腿を蹴飛《けと》ばされたり、足払いで転倒させられたりもした。

その暴力が恐ろしくて、ついに沙也加は何も言えなくなってしまった。

沙也加が口をつぐんだことで、夫の行動はさらにエスカレートを続けた。二ヶ月ほど前からは、泣いて許しを乞《こ》う娘を力ずくで自室に引っ張り込み、沙也加の目の届かないその密室で長時間にわたる暴行を加え始めた。

沙也加にできたのは、彩奈の泣き声や、許しを乞う声を聞きながら、『早く終わって』と祈ることだけだった。

夫の自室で娘が何をされているのか、沙也加にはわからなかった。ふたりだけの時に彩奈に尋ねても、娘は顔を俯《うつむ》かせて涙ぐむだけで、父の部屋で何をされているのか決して言わなかったからだ。

二十日《はつか》ほど前、それまで『もう許してくださいっ！』『やめてくださいっ！』と、部屋中に響き渡るように泣き叫んでいた娘の声が急にやんだ。

沙也加は娘が殺されてしまったのではないかと思い、恐る恐る夫の自室に近づいた。そして、夫に怒鳴りつけられることを覚悟しながら、脂汗でぬるぬるする手でそのドアをそっと開いた。

その瞬間、沙也加の目に飛び込んできたのは、にわかには信じられない光景だった。あろうことか、床に仁王立ちになった夫の足元に娘が全裸で跪《ひざまず》かされ、硬直した男性器を口に押し込まれていたのだ。

夫は娘の髪を両手で鷲摑みにし、涙を流している娘の顔を前後に振り動かしていた。娘の顎《あご》先から滴り落ちた唾液《だえき》が、正座させられている娘の剝《む》き出しの太腿に、たらたらと絶え間なく滴り落ちていた。

娘は痩《や》せていたが、すでに初潮を迎えていて、乳房がわずかに膨らみ始めていた。股《こ》間《かん》にもうっすらと毛が生えていた。

喉《のど》を激しく突き上げられた娘が、口の中のものを吐き出し、華奢《きゃしゃ》な体を捩《よじ》って激しく咳《せ》き込んだ。その後は、『お願いです。もう許してください』と涙を流して哀願した。

だが、夫は娘の訴えを無視し、咳《せき》が終わるとすぐに、『続けろ』と言って、また娘の口に男性器を深々と押し込んだ。

あまりのおぞましさに、沙也加は吐き気が込み上げるのを感じた。

夫はオーラルセックスが大好きで、結婚してからはほとんど毎日、最低でも十分以上、時には一時間近くにわたって、硬直した男性器を沙也加の口に押し込み続けた。そのあまりの激しさに、嘔吐《おうと》してしまったことも一度や二度ではなかった。

だから、それがどれほど辛《つら》く、どれほど過酷なものなのかは、沙也加自身もよく知っていた。ましてや、彩奈が口に押し込まれているのは、実の父親の性器なのだ。娘の感じている嫌悪や憎悪、そして、おぞましさは、妻である沙也加の比ではないはずだった。

すぐにやめさせるべきだとは、沙也加にもわかっていた。それは娘に対して父親がすることでは絶対になかった。

だが、沙也加がしたのは、部屋に飛び込むことでもなく、やめろと叫ぶことでもなく、開いたばかりのドアを無言で閉めることだけだった。

もう自分ひとりの手には負えない。

そう考えた沙也加は、ようやく行動を起こした。インターネットで渋谷にある李子さんの弁護士事務所を見つけ出し、アポイントを取って相談に赴いたのだ。

今から半月ほど前、まだ梅雨の頃のことだった。

沙也加からの相談を受けた李子さんは、半月にわたっていろいろな方策を考えた。そして、その末についに、『この男は殺すしかない』という結論に達した。そうしなければ、彼女の娘はいつか父親に殺されてしまうだろうと思ったのだ。たとえ殺されなかったとしても、娘が受けた心の傷はあまりにも大きなもので、きっとその傷は永久に治癒しないだろうと李子さんは考えた。

妻の沙也加は顔を強《こわ》ばらせながらも、李子さんの出した『殺す』という結論に同意した。

きのうの朝、李子さんは出勤のために自宅マンションから出てきた村井直樹のあとをつけ、男と同じバスに乗り込み、バスの中から僕に定期的にLINEで現在の状況を知らせた。そして、バスから降りて電車に乗り込んだ彼の背を、女装した僕に、超満員の電車の中で金串《かなぐし》を使って刺させたのだ。

そのことによって、村井直樹という恐ろしい男はこの地上から永久に姿を消し、村井沙也加・彩奈親子には平穏の時が訪れることになった。

そう。李子さんの出した結論と、僕のしたことは、どちらも正しいことだったのだ。あれは正しい殺人だったのだ。

4.

パソコンを眺めていると、ついさっきまで足元で眠っていたモナカが急に机に飛び乗ってきた。モナカはゴロゴロと喉を鳴らしながら、邪魔をするかのようにパソコンの前を歩いたり、僕の顔を舐《な》めたり、頭突きをしたり、顎の先を軽く噛《か》んだりし始めた。どうやら、構って欲しいらしい。

「どうした、モナカ？　甘えっ子だなあ」

そう言いながら、モナカの顎をそっと撫でてやる。モナカがさらに大きな音で喉を鳴らす。その細かい振動が僕の指先にしっかりと伝わる。

この三毛猫にモナカという名をつけたのは、僕ではなく、李子さんの事務所に相談に訪れていた、以前の飼い主の女性だ。

どうしてそんな名がつけられたのかは知らない。今となっては確かめることもできない。なぜなら、以前の飼い主の女性は一年も前に、この世の人ではなくなってしまったのだから。

モナカがパソコンの前を占領してしまったので、ネットニュースを眺めるのを諦《あきら》めて本を読むことにした。まだ幼い頃から、読書は僕の最高の楽しみのひとつだった。学校に通ったことは一度もないけれど、本を読むことに不自由したことはほとんどない。

今度はいつ、李子さんはここに来てくれるのだろう？

机の引き出しからKindleを取り出しながら、ふとそう思った。

きのうの夜は李子さんがここに来て、『ご褒美』をくれるのではないかと期待していた。李子さんはすぐそこに建っている洋館に、母親の妙子さんとふたりで暮らしている。その洋館とこのプレハブハウスは十メートルと離れていないから、来る気になれば、一分か二分でここに来られるはずだ。

けれど、昨夜、彼女は来てくれなかった。帰宅して母家の玄関に入って行く彼女を、僕は窓から見ていたけれど、李子さんがこちらに視線を向けることはなかった。

『ご褒美』を期待していた僕は、少しだけがっかりした。最後に李子さんが来てくれてからすでに一週間がすぎ、窓辺の花瓶の薔薇《ばら》も萎《しお》れ始めている。

けれど、しかたがない。弁護士事務所を運営し、困っている女性たちの相談に乗り、その対応に追われている李子さんは、いつだってとても忙しいのだ。

時計の針は間もなく午後二時を指そうとしている。僕はKindleのライブラリから芥《あく》川龍之介《た がわりゅうのすけ》の短編集のひとつを選ぶ。

さあ、これからゆっくり読書だ。多忙な李子さんとは違って、僕にはやらなければならないことがほとんどない。

一時間ほど読書を続けたあとで、僕は着ているものを脱ぎ捨て、ビキニタイプの黒いショーツだけの姿でランニングマシンに乗って走り始めた。午後にはたいていそうしているのだ。

最初の五分は時速十キロでゆっくりと走り、次の五分は少しスピードを上げて時速十二キロで走る。その後は時速を十五キロに上げて十五分走り、最後は時速二十キロで五分走ることにしている。

裸になったのは、ランニングウェアを汗まみれにしたくないからだ。毎日、三十分走り、フィットネスバイクを三十分漕《こ》ぐというのが午後の僕の日課だった。

冷房は効いているけれど、時速を十五キロに上げるとすぐに体中から汗が噴き出し始めた。全身にオイルを塗り込めたかのような僕の姿が、北側の壁に張りつけられている大きな鏡に映っている。

父は背の高い男だったというが、母が極端に小さかったからか、僕は男としては小柄で、かなり華奢な体つきをしている。身長は百六十五センチ。体重は四十五キロほどだ。こうして毎日、有酸素運動をしているせいで、僕の全身には贅肉《ぜいにく》と呼ばれるものはほとんどついておらず、腹部には筋肉が浮き出ているし、脇腹には肋骨《ろっこつ》がくっきりと透けて見える。

母によれば、背の高さを別にすれば、僕は父によく似ているのだという。

その父を、僕は知らない。写真では見たことがあるけれど、本人に会ったことは一度もない。それでも、父もまた、殺されてもしかたがないような下劣な人間だったということは知っている。

僕を産む少し前に、母はその激しい暴力に耐えられず、父の元から逃げ出していた。

5.

すぐそこに建つ母家に暮らす李子さんや妙子さんから、僕は『シュン』と呼ばれている。母がつけた名前で、漢字では『峻』と書くらしい。結婚してからの母の苗字《みょうじ》は佐藤《さとう》だったから、本来なら僕の名は佐藤峻ということになるのだろう。

けれど、この国の戸籍にはそんな名前の人物はいない。たとえ、いたとしても、それは僕とは別人だ。

なぜなら、僕には戸籍がないから。

僕は学校に通ったことが一度もない。保険証も持っていないし、運転免許証もパスポートも持っていない。もちろん、自分名義のクレジットカードも持っていない。選挙権もない。

僕には身分を証明するものが何ひとつない。日本人の両親から日本で生まれ、日本語を話し、日本語で書かれている本を読んでいるというのに、僕は日本人とは認められていない。きっとこの国の人口には、僕は入っていないのだろう。

僕には戸籍がない。人間として認められていない。だから……人間でないのだから、人を殺しても構わない。

時折、僕はそんなことを考えもする。

幼い頃から、自分は普通の子供とは違うと感じていた。どうして僕だけが、こんなふうに生きていかなければならないのかとも思っていた。

けれど、やがて諦めた。諦める以外になかったのだ。

僕の人生は、諦めることの連続だった。きょうまで僕は、諦め、何も望まず、先のことを考えずに、ずっと生きてきた。

難民キャンプで生まれ、目も開かないうちに死んでいく赤ん坊がいる。ケーキを口にしたことのない子もいるだろうし、生まれながらの病に苦しんでいる子もいるだろう。村井彩奈のように、親に虐待されたり、友人からひどいいじめを受けたりしている子もいるに違いない。

そういう子供たちに比べれば、お前は不幸なんかじゃない。

僕はいつも、自分にそう言い聞かせてきた。

今の僕には、冷暖房を完備したこのプレハブハウスがある。好きな本をいくらでも読むことのできるKindleを持っているし、素敵な音楽を奏でる美しいグランドピアノも持っている。高価なランニングマシンもあるし、フィットネスバイクもある。ひもじい思いをすることもなければ、寒さに凍えることもない。何より、僕には李子さんがいるし、妙子さんがいる。モナカまでがいる。

だとしたら、ほかに何を望めというのだろう。

妙子さんは、僕が二十歳になるまでには、何としてでも戸籍を持たせたいと思っているようだ。自分と養子縁組をして、僕を『沼澤峻』にすることも考えているらしい。けれど、今ではもう、僕には戸籍にこだわりはない。今のままの名前のない男で充分だ。

僕は恵まれている。僕は幸せだ。だから、望みは何もない。


滴るほどの汗に塗《まみ》れてトレーニングを終えた僕は、部屋の片隅にある浴室へと真っすぐに向かった。

プレハブハウスではあるけれど、浴室は八畳以上の広さがあって、白い琺瑯《ほうろう》製の浴槽もとてもゆったりとしている。畳二枚分ほどもある大きな窓もあり、この時刻だと明かりを灯《とも》す必要はまったくない。この浴室の窓ガラスはこちらからは外がよく見えても、外からは中が見えない特殊なものなので、誰かに覗《のぞ》き込まれる心配をする必要もない。

たっぷりと汗を吸い込んだビキニショーツを、脱衣場のドラム型の洗濯機に放り込んでから浴室に足を踏み入れる。浴室内の壁にも大きな鏡が二枚も取りつけられていて、そこに僕の全身が映っている。その姿を、僕はじっと見つめる。

李子さんに言われて去年から全身脱毛を繰り返しているので、今の僕の体には毛がほとんど生えていない。腕にも脚にも腋《わき》の下にも、体毛は一本も残っていない。体つきが華奢《きゃしゃ》で、ウェストがくびれているということもあって、男性器さえ見なければ、裸の女がいるかのようだ。

シャワーで汗を流してから、ほっそりとしたその体をぬるい湯を満たした細長い浴槽に横たえる。引き締まった二本の脚を真っすぐに伸ばす。脱毛を免れたわずかばかりの黒い性毛が、透き通った湯の中で海藻のように揺れる。

天井に顔を向ける。目を閉じ、またあの男のことを考える。背中から金串《かなぐし》を突き入れられて絶命した男のこと、を。

この国では、ふたりの人間を殺害した者には、たいていは極刑が言い渡される。戸籍がないとはいえ、僕はすでに十九歳だ。若いということで、刑が軽減されるようなことはないだろう。

だとしたら、いつか死刑に処せられるのだろうか？　刑場で目隠しをされ、首に太いロープを巻かれ、てるてる坊主のように宙吊《ちゅうづ》りになって死ぬことになるのだろうか？

怖い？　いや、怖くはない。昔から、僕には怖いものなど何もない。

6.

李子さんが買ってくれた美しいグランドピアノに向かって、ショパンの練習曲第三番『別れの曲』を弾いている。

李子さんはいつも、ショパンのポロネーズ第六番の『英雄』や第三番の『軍隊』や、『幻想即興曲』を弾いてくれとリクエストする。それらの曲も好きだけれど、個人的にはこの『別れの曲』が大好きだ。母と繰り返し練習したこの曲を弾いていると、どういうわけかとても気持ちが落ち着く。

李子さんが僕の母を内心ではよく思っていないということは、何となく感じている。口にはしないけれど、妙子さんもきっと、娘と同じように、僕を産んだ女のことを『無責任な親』だと考えているのだろう。

確かに、母親らしいことは、ほとんどしてくれなかったかもしれない。けれど、母はピアノの弾き方を教えてくれた。そのことを、僕は感謝している。

もしピアノが弾けなかったら、人生は今よりずっと色褪《いろあ》せたものになっていたはずだ。

音楽大学のピアノ科を中退した母は、夜は水商売をして働き、昼間は公民館の一室を借りて近所の人々にピアノを教えていた。その母から、僕はピアノを習った。僕の父だった男もピアノ科の学生だったようで、僕もたちまちにして上達した。

思い返してみれば、あの頃の母と僕はとても貧しかった。けれど、母にピアノを習っている時には、僕はいつも満たされた気持ちになっていた。

ほっそりとした指を滑らかに動かして、『別れの曲』を弾き続ける。

僕はこうしてピアノを弾くことができるし、本を読むのも大好きだ。おまけに今は、モナカがいつもそばにいてくれる。だから、ひとりでいても退屈したり、寂しいと感じたりすることはめったにない。

何かが動くのを感じて、東側の窓に視線を向ける。

母家の玄関から銀色のトレイを手にした妙子さんが出てくるのが見える。妙子さんの足取りは、いつものようにひどくおぼつかない。

演奏をやめて立ち上がる。急ぎ足でプレハブハウスの玄関へと向かう。

チャイムが鳴らされる前にドアを開ける。チョコレートシフォンケーキが載ったトレイを受け取り、よろけそうになる妙子さんを脇からしっかりと支える。

「大丈夫ですか？」

「ええ。大丈夫。シフォンケーキを作ったから、シュンと一緒に食べようと思って」

妙子さんが満面の笑みを向ける。そんなふうに笑うと、目尻《めじり》と口元に深い皺《しわ》ができる。

「電話をくれれば、僕がそっちに行ったのに」

踵《かかと》の低い妙子さんの靴を脱がせ、室内に招き入れながら僕は言う。

「大丈夫よ。病人扱いしないで」

妙子さんがまた笑顔を向ける。

モナカは妙子さんが入ってくるとすぐに駆け寄ってきて、その体を妙子さんの脚に絶え間なく擦《こす》りつけている。モナカは妙子さんが好きなのだ。

六十五歳になった今も、妙子さんは美しくて品がある。病気になってからも、弁護士として事務所に通っていた頃のように薄化粧を施し、今すぐに事務所に行ってもいいような恰好《かっこう》をしている。

今も妙子さんは洒落《しゃれ》たサテンのブラウスに、ピッタリとした膝丈《ひざたけ》のスカートと、薄いナイロンのストッキングを穿《は》いている。その恰好は仕事に行く時の李子さんによく似ているが、いつも踵の高いパンプスやサンダルを履いている李子さんとは違って、元気だった時から妙子さんは踵の高い靴は絶対に履かなかった。李子さんはアクセサリーが好きだが、妙子さんはアクセサリーをまったく身につけていない。

その妙子さんをソファに座らせ、僕は紅茶を淹《い》れるためにキッチンへと向かった。娘の李子さんと同じように、妙子さんも紅茶が好きなのだ。

「紅茶は何がいいですか？」

琺瑯のケトルで湯を沸かしながら、ソファにいる妙子さんに尋ねる。このキッチンには紅茶の専門店が開けるほど何種類もの紅茶が備えてある。

「そうね。ダージリンにしてもらおうかな」

妙子さんが予想した通りの言葉を口にし、僕は棚の中からダージリンの茶葉が入った缶を取り出す。

かつての妙子さんはよく通る声で歯切れよく話をした。けれど、最近は声が弱々しく、張りがなく、話をするテンポもゆっくりとしたものになっている。病気なのだからしかたがないけれど、それがひどく寂しく感じられる。僕にとっての妙子さんは、祖母のような存在だから。

妙子さんは娘の李子さんと僕が共謀して、ふたりの男を殺害したことを知らない。たぶん、これからも知ることはないのだろう。

7.

このプレハブハウスの東側に建つ母家には、沼澤妙子さんと娘の李子さんがふたりで暮らしている。妙子さんは六十五歳、李子さんはちょうど四十歳だ。

元気だった頃の妙子さんは人権派の弁護士として、夫や恋人の暴力に苦しむ女たちや、貧困に喘《あえ》ぐシングルマザーのために尽力を続けてきた。妙子さんが引退した今は、やはり弁護士である娘の李子さんが、渋谷のビルにある事務所の運営を引き継いでいる。

その妙子さんの弁護士事務所に僕の母が初めて相談に行ったのは、今から七年前、僕が十二歳の時だった。

当時、母と僕は世間から身を隠すようにひっそりと暮らしていて、僕は小学校にさえ通っていなかった。母は水商売をして収入を得ていたが、僕たちの暮らしはつましいものだった。

今から十九年前に、母は僕を妊娠中に夫の暴力から逃れるために家出した。その後、産科医院で僕を産んだが、夫に居所を突き止められることを恐れて住民票の移動もしなかったし、出生届も出さなかった。

七年前のあの日、自分を訪ねてきた母に、妙子さんは力になると言ってくれたらしい。実際に、妙子さんはすぐに僕たち親子のために動き始めてくれたようだ。

だが、ある日、母はアパートに僕を残したまま、忽然《こつぜん》と姿を消した。母はいつも深夜には自宅に戻ってきたのに、あの日は朝になっても帰って来なかったのだ。

翌日も、その翌日も、母は帰って来なかった。

それでも、十二歳だった僕はひとりで買い物に行き、ひとりで食事を作って食べていた。洗濯もしたし、掃除もした。不安だったけれど、泣き喚《わめ》くことはなかった。

そんなある日、母との連絡が途絶えたことに不安を覚えた妙子さんが、僕のいるアパートを訪ねて来た。母が消えてから、十日ほどがすぎた日のことだった。

その後、僕は妙子さんに引き取られ、母家の洋館に妙子さんと李子さんの三人で暮らすようになった。

一昨年《おととし》、僕がピアノを弾き、運動ができるようにと、李子さんがこのプレハブハウスを建ててくれた。それからは、このプレハブハウスが僕のお城になった。

妙子さんの作ったチョコレートシフォンケーキはスポンジみたいに弾力があって、とても美味《おい》しくて、僕は三切れも食べてしまった。けれど、妙子さんのほうはシフォンケーキには手をつけず、美しい磁器製のティーカップに注がれたダージリンを半分ほど飲んだだけだった。

「ねえ、シュン。ピアノを聴かせて」

弱々しい口調で妙子さんが言い、僕は笑顔で頷《うなず》くとピアノの前に座った。

ここはプレハブハウスではあるけれど、壁にはたっぷりと断熱材が入っているし、窓にはすべてペアガラスが嵌《は》められているから防音性は高かった。

「何を弾きましょう?」

「そうね……エリーゼのために、がいいな」

妙子さんの言葉に再び笑顔で頷くと、僕は楽譜を広げることなく、ベートーヴェンの『エリーゼのために』を弾き始めた。それは母も大好きな曲だった。

妙子さんはソファにもたれ、目を閉じ、膝《ひざ》の上で両手を握り合わせて、プレハブハウス内に響くベートーヴェンを聴いていた。そんな妙子さんのすぐ隣で、モナカがくつろいだ様子で身を横たえていた。

ああっ、妙子さんはもうすぐいなくなってしまうんだ。

ピアノを弾きながら思った。末期癌を患っている妙子さんには、すでに余命宣告が下されていた。

8.

妙子さんを母家に送っていった僕がプレハブハウスに戻るとすぐに、ズボンのポケットに入れてあったスマートフォンが振動を始めた。待ちに待った、李子さんからの電話だった。

『シュン。今夜、九時すぎに行くよ。美味しいものをお願いね』

それだけ言うと、李子さんは僕の返事も待たずに電話を切ってしまった。

多忙な李子さんからの電話は、いつもとても短くて素っ気ない。けれど、そんなことはどうでもいい。僕の顔には早くも笑みが広がっている。

スマートフォンをポケットに戻し、急いでキッチンに向かう。冷蔵庫を開け、今夜の献立に思いを巡らせる。

食材のほとんどはインターネット通販で購入し、このプレハブハウスのドアの前に置いていってもらっている。衣類や雑貨なども同じ方法で購入しているから、外出する必要はあまりない。支払いはすべて、李子さん名義のクレジットカードを使っている。

めったに外に出て行かないから、近所の人たちは、もしかしたら、僕がここに暮らしていることを知らないかもしれない。プレハブハウスの玄関の外のドアプレートには、李子さんの名があるだけで、僕の名は記されていない。

そう。僕は名前のない人間なのだ。

日の長い季節ではあるけれど、窓の外には夕闇が漂い始めた。僕はキッチンに立って、李子さんのための料理を作り続けている。

ひとりの時には、たいてい簡単なものを作って食べている。僕は肉が苦手なので、野菜料理や魚介を使った料理が中心だ。

けれど、李子さんが来る夜は、いつも手の込んだ料理を何品も作るようにしている。料理の本と睨《にら》めっこをして決めた今夜のメニューは、生のルッコラとセロリとパプリカをたっぷりと使った真鯛《まだい》のカルパッチョと、冷凍のグリーンピースを使った緑色をしたポタージュ、生の帆立貝とブロッコリーとズッキーニのグリル、それにクレソンをたっぷり添えた牛フィレステーキだ。

僕はアルコールを飲めないけれど、李子さんはワインが大好きだ。その日のワインはいつも、そこにあるワインセラーから自分で選んで取り出している。

僕には母の手料理を食べたという記憶がほとんどない。母はほとんど料理をしない人だったし、時に作る料理もとても簡単なものばかりだった。

お母さんが作らないなら自分で作ろう。

そう思い立った僕は母から現金をもらい、ひとりでスーパーマーケットに買い物に行き、古本屋で買った何冊かの料理の本を見ながら母と自分の分の料理を作るようになった。母はそれを喜んでくれた。

料理を作り始めたのは九歳の頃だったと記憶している。

僕と同じように母も肉を食べられなかったから、あの頃は肉料理を作ることはなかった。けれど、李子さんは肉が大好きなので、彼女が来る時には必ず肉料理を用意するようにしている。今夜は冷凍の牛肉の塊を使ってシチューを作ることも考えたが、煮込んでいる時間がないのでステーキを焼くことにした。

母と暮らしていた頃には、粗末な調理器具や食器を使っていた。包丁も一本しかなかった。

けれど、このプレハブハウスで暮らすようになってからは、李子さんに勧められて、通信販売でドイツやフランス製の高級な調理器具を買い揃え、高価な食器もたくさん買った。包丁やナイフも十本以上あって、僕はそれらを食材ごとに使い分けている。キッチンの棚には今、世界中の調味料やスパイスがずらりと並んでいる。塩だけでも十種類以上が常備してある。

小説はKindleで読むが、Kindleは白黒だから、料理の本はやっぱり紙がいい。キッチンには小さな本棚があって、そこには数十冊の料理の本が置かれている。料理をしながらいつも眺めているので、どの本もシミだらけだ。

料理をするのがものすごく好きというわけではない。それでも、李子さんが美味しそうに食べてくれる顔を想像しながら、献立を考えて料理をするのは楽しい。

料理を終えた時には、窓の外はすっかり暗くなっていた。

9.

僕は部屋の片隅のドレッサーの前に座って、時間をかけて入念な化粧を施し、その後は女物の衣類を身につけた。今夜は白いタンクトップを着込み、擦り切れたデニムのミニスカートを穿《は》いた。左右の耳たぶには大きなピアスを嵌めたし、プラチナのネックレスとブレスレットとアンクレットも身につけた。李子さんが来る直前には、明るい栗色の長髪のカツラを被《かぶ》るつもりだ。

男の顔を見るのも嫌だという李子さんは、ここに来る時にはいつも女装をしているように求める。全身脱毛をしたのも、李子さんが強く求めたからだ。

化粧をしている時には、母のことをよく思い出す。水商売をしていた母は、出かける前にはいつも鏡の前で、とても長い時間をかけて化粧をしていたものだった。

あれは初夏の夕方だったと記憶している。母はすでに夜の仕事のために都内に出掛けてしまっていて、僕はアパートの二階にあった部屋にひとりきりでいた。窓辺に佇《たたず》んで、アパート前の道路で遊んでいる五人か六人の子供たちの姿を見下ろしていた。

その子供たちのことはいつも窓から見ていたから、男の子のひとりが『けん』、別のひとりが『りょうた』と呼ばれていて、女の子のひとりが『るみ』、別のひとりが『ちいこ』と呼ばれていることは知っていた。だが、もちろん、彼らと口をきいたことは一度もなかった。

その遊びの輪に加えてもらえたら楽しいかもしれないと、思うこともなくはなかった。彼らから『シュン』と呼ばれてみたいと思うこともあった。けれど、部屋から出ていくことはなかった。

僕は七歳で、本当なら春から小学校に通っているはずの年齢だった。あの頃、僕には友人がひとりもいなかった。いや、あの頃だけでなく、今も僕には友人など誰もいない。

寂しい？

いや、どうなのだろう。そもそも僕には『寂しい』という感情がはっきりとわからない。

10.

李子さんがやって来たのは、約束の午後九時を十五分ほどすぎた頃だった。

インターフォンが鳴らされた瞬間に、僕は飛び上がらんばかりの勢いでソファから立ち上がった。そして、インターフォンに応じることなく玄関に駆け寄り、そのドアを静かに開けた。

そこに李子さんが立っていた。

今夜も李子さんは癖のない長い黒髪を背中に垂らし、光沢のある白いサテンの半袖《はんそで》ブラウスを身につけ、腰に張りつくようなチェックの膝丈《ひざたけ》のスカートを穿いている。足元は黒いエナメルのオープントゥのパンプスで、もちろん、クリスチャン・ルブタンだろう。ブランド物が特に好きということはないようだが、李子さんはいつも、踵《かかと》の高さが十センチ以上、時には十五センチもあるクリスチャン・ルブタンのパンプスやサンダルを履いている。

今夜も李子さんは、冷たく見えるほど整った顔に入念な化粧を施し、全身にたくさんのアクセサリーを光らせ、ジャスミンの花を思わせる甘い香りを仄《ほの》かに立ち上らせている。

花が好きな僕のために、ここに来る時の李子さんはいつも花を買って来てくれる。今夜は花びらの先端部分が緑っぽい色をした、ピンクの薔薇《ばら》の大きな花束だ。

「ただいま、シュン。遅くなってごめんね」

ルージュに彩られた唇のあいだから真っ白な歯を覗《のぞ》かせて、李子さんが僕に薔薇の花束を差し出す。

その瞬間、僕はその場でジャンプを繰り返したいような喜びを感じた。

そんな僕とは対照的に、李子さんが入って来たとたんに、ソファでくつろいでいたモナカは部屋の片隅の自分のベッドに逃げ込んでしまった。妙子さんには懐いているというのに、モナカは李子さんのことが嫌いなのだ。

「お帰りなさい」

花束を受け取って僕は笑う。

「きょうもすごく暑かったね」

後ろ手にドアを閉めながら李子さんが言う。「シュンは何をしていたの？」

「本を読んだり、ピアノを弾いたり……そうだ。妙子さんがシフォンケーキを持って来てくれたんだ」

「そうなんだ？　わたし、汗まみれだから、先にシャワーを浴びてくるね」

そう言うと、李子さんは玄関のたたきにパンプスを脱ぎ、部屋の片隅の浴室へと真っすぐに向かった。

僕は玄関に身を屈《かが》め、李子さんが脱いだばかりのパンプスの向きを変える。やはり今夜も、李子さんが履いていたのはクリスチャン・ルブタンだった。

浴室からシャワーの音が聞こえる。僕は大きなクリスタルガラスの花瓶に薔薇を生けながら、李子さんの美しい裸体を思い浮かべる。

四十歳になった今も、李子さんは少女のように華奢《きゃしゃ》な体つきをしている。胸の膨らみはほんの少ししかないけれど、左右の脇腹にはうっすらと肋骨《ろっこつ》が浮き上がり、ウェストが驚くほどにくびれている。腕も脚も引き締まっていて、そこには皮下脂肪がほとんどついていない。身長は百六十センチで、体重は四十キロちょっとだと聞いている。僕と同じように、李子さんも全身脱毛をしているので、髪と睫毛《まつげ》と眉毛《まゆげ》と、ほんの少しの性毛を除けば、その体にはただの一本も毛が生えていない。

あんなに美しいというのに、李子さんは結婚をしたことが一度もない。かつては恋人がいたこともあったようだが、この十年ほどは誰とも付き合ったことがないと聞いている。

「男が大嫌いなの」

いつだったか、李子さんが僕にそう言ったことがあった。

ガウン姿の李子さんとテーブルに向き合って食事をする。すっかり化粧を落としているけれど、それでも李子さんの顔は今夜も見惚《みと》れてしまうほどに綺麗《きれい》だ。洗ったばかりの長い髪が、今もわずかに湿っている。

「この帆立貝のグリル、最高だね」

バルーン型のワイングラスを手にした李子さんが、僕を見つめて嬉《うれ》しそうに微笑む。

今夜、李子さんが選んだ白ワインはフランスのブルゴーニュ地方のものだ。

「ありがとう」

「ブロッコリーも美味《おい》しいし、ズッキーニもすごく美味しい。誰にも習っていないのにすごいね、シュン」

李子さんの口から出る言葉の数々が僕を喜ばせる。

料理を習ったことがないのはもちろんだが、ピアノ以外に僕が人から習ったものは何もない。学校に通ったことがないのだから、そのすべてが独学だ。

「そろそろステーキを出してくれる？」

李子さんのその言葉に、僕はキッチンに立ち、常温に戻してあった分厚い牛フィレ肉を熱したフライパンの中に入れる。

その瞬間、ジュッという音がし、白い煙が立ち上る。

李子さんの好みは、外側の部分はしっかりと焼けているけれど、内部に赤みが残っているステーキだったから、焼き加減にはいつもかなり気を遣う。

母と暮らしていた頃には肉を使った料理を作ったことが一度もなかったので、最初のうちは肉料理がうまく作れるか不安だった。僕は肉が苦手だから、味見をしても、美味しいのか、そうでないのかもわからなかった。それでも、李子さんはいつも僕が作る肉料理を『美味しいよ』と言って食べてくれる。

李子さんは豚肉も鶏肉も好きだから、それらを使った料理も作る。実は、豚肉や鶏肉が加熱されるにおいが僕はかなり苦手なのだが、李子さんが食べたがれば躊躇《ちゅうちょ》なく豚肉や鶏肉の料理を作っている。

「それにしても、きのうの朝は本当にうまくやったね。シュン、すごいよ」

李子さんは白ワインを飲みながら、キッチンに立っている僕に声をかける。

「そうだね。でも、警察は来ないかな？」

フィレ肉の片面に充分に焦げ色がついたのを確認してから肉を裏返す。テーブルにいる李子さんを振り向く。

「あれだけうまくやれば、絶対に大丈夫だよ」

そう言って笑い、李子さんが白ワインを飲み干す。

僕は肉の焼き加減を気にしながら、李子さんが選んだ赤ワインのコルクを抜く。フライパンの火を消してからテーブルに歩み寄り、バルーン型の新しいグラスに赤ワインを注ぎ入れる。ステーキに合わせるために李子さんが選んだのは、イタリアのバローロ地区のワインだった。

「あの男、死んでよかった。奥さんも喜んでるみたいだった」

李子さんの言葉に、僕は無言で頷《うなず》く。フライパンの肉を皿に移し、今度はステーキにかけるソースを作り始める。

甲斐甲斐《かいがい》しく動いている僕を、モナカが迷惑そうな顔をして、部屋の片隅から見つめ続けている。僕はそんなモナカに、そっと手を振る。

11

「ねえ、シュン、ピアノを弾いてよ」

汚れた食器の数々を、僕が洗浄機に入れ終わるのを待ちかねたかのように、背後から李子さんが声をかけてくる。

「いいよ。何を弾こうか?」

「そうね……ええっと……それじゃあ、雨だれをひいてもらおうかな」

少し考えてから、李子さんが答える。食事を終えた李子さんは脚を組んでソファに座り、ナッツとドライフルーツをつまみながらスコッチウィスキーを飲んでいる。

「雨だれだね。いいよ」

笑顔でそう答えると、食器洗浄機のスイッチを入れるのはあとにして、キッチンを離れてグランドピアノに向かう。せっかくピアノを弾くのだから、食器洗浄機の騒音に邪魔をされたくなかった。

ショパンの前奏曲第十五番『雨だれ』は、ショパンのピアノ曲の中では『別れの曲』と同じくらい好きな曲だった。その楽譜は頭の中に入っているから、わざわざ楽譜を開く必要はなかった。

李子さんが買ってくれたグランドピアノの前に座ると、何度か深呼吸をしてから十本の指を静かに動かし始める。そのことによって、防音性の高いプレハブハウスの中にショパンの美しい音色が響き始めた。

ピアノを弾きながら、何度となくソファにいる李子さんに視線を向ける。李子さんは目を閉じ、時折、静かに頷きながら、部屋の中に鳴り響くピアノの音に耳を傾けている。

ガウンの合わせ目から覗く、引き締まった長い脚が、リズムをとるかのように上下に揺れる。

「いい曲だね」

呟《つぶや》くように李子さんが言う。

『雨だれ』を弾いている時、僕は一度も会ったことのない父のことをしばしば考える。母は父を憎んでいたから、褒めることはまったくと言っていいほどなかった。けれど、父の弾く『雨だれ』はとても情緒的で、同じピアニストとして嫉妬《しっと》せずにいられないほど素晴らしかったのだという。

李子さんが静かにソファから立ち上がり、グラスを手にしたまま演奏している僕に歩み寄る。割れたガウンの裾《すそ》から、骨張った膝《ひざ》が覗く。

李子さんはピアノを弾く僕のすぐ脇に佇《たたず》む。鍵盤《けんばん》の上で動いている指をじっと見つめる。その手の爪はどれも、派手なネイルシールに彩られている。

演奏を続けながら、笑みを浮かべて李子さんを見上げる。李子さんもまた、優しげに微笑みながら僕を見つめる。素肌にガウンを身につけた李子さんからは、薔薇《ばら》の花を思わせるヘアコンディショナーの香りがする。

李子さんが僕の肩に、ほっそりとしたその手をそっと載せる。李子さんの手はいつも、とてもひんやりとしている。

やがて演奏が終わる。僕は長く息を吐く。

「ありがとう、シュン。すごくよかった」

李子さんが笑う。また薔薇の花の香りが漂う。「いつも思うことだけど、シュンは本当に綺麗な指をしているのね。こんなに美しい指の男は見たことがないよ」

僕は李子さんを見上げてそっと微笑む。

12

食器洗浄機のスイッチを入れてから、李子さんと向き合うようにしてソファに座った。話したいことがあると、李子さんが言ったからだ。

柔らかなソファに座ったことによって尻《しり》が沈み込んでデニムのスカートがせり上がり、僕の脚もそのほとんどが剝《む》き出しになる。ほっそりとしていて、毛が一本も生えていないその脚は、僕の目にも女のそれのように映る。

「話したいことって、何？」

李子さんの目を見つめて尋ねる。

「うん。もしかしたら、また……シュンに人を殺してもらうことになるかもしれないの」

僕は驚かない。剝き出しの脚を静かに組み、ゆっくりと大きく頷く。

すぐに李子さんがその男の話を始める。

男の名は笠井裕一郎《かさいゆういちろう》。年は李子さんと同じ四十歳のようだった。李子さんによれば、この笠井という男はとてつもなく異常な性癖の持ち主で、五歳下の八重《やえ》という女と五年前に結婚してからずっと、妻を性の奴隷のように扱っているのだという。

「僕は詳しくないけど、あの……そういう人たちは、世の中にたくさんいるんじゃないの？」

ためらいがちに僕は尋ねた。

男女間の性的なことについて、僕にはあまり知識がない。それでも、一般にはアブノーマルだと思われているような性行為に高ぶりを覚え、そういうことを日常的にしている人たちが少なからずいるということはぼんやりと知っていた。

「確かにそうかもしれないけど……この男のしていることは限度を超えているみたいなの。わたしに言わせれば、極めつけのサディストね。異常性欲者と言ってもいいと思う。だから、八重さんが耐えきれずに、わたしの事務所に相談に来たのよ。八重さん、わたしに話をしながら何度も涙を拭《ぬぐ》っていたわ」

引き締まった脚を組み替えながら李子さんが言った。そのことによって、ガウンの合わせ目から純白のショーツが覗《のぞ》き、僕は反射的にそこから視線を逸《そ》らした。

李子さんは手の爪には抑えた色のマニキュアを施しているし、爪もあまり伸ばしてはいない。だが、その代わり、足の爪にはいつもかなり派手なエナメルを塗り重ねている。今夜のペディキュアは甲虫《かぶとむし》の羽を思わせるような黒で、そこにいくつものラインストーンが光っている。

「あの……その男は奥さんに、具体的にはどんなことをしているの？」

やはりためらいがちに僕が尋ね、李子さんは思い出すような表情になりながらゆっくりとした口調で話し始めた。

文具メーカーの人事部に勤務する笠井裕一郎というその男は、特に趣味を持たない平凡なサラリーマンで、中肉中背で、容姿にもそれといった特徴もなく、どこにでもいる普通の男のように見えるのだという。だから、結婚するまでは妻もその異常さに少しも気がつかなかった。『ちょっとサディストの気があるのかな』と感じていたぐらいだった。

だが、結婚の直後から笠井裕一郎はその本性をあらわにした。妻を自分だけの性の奴隷として調教することに、異常なまでの執着を見せ始めたのだ。

「調教……しているの？」

僕は訊《き》き返した。その言葉がひどくおぞましく感じられたから。

「ええ。その男がしていることは、まさに調教なのよ。その男は八重さんを、自分の性欲を満たすためだけの道具に作り替えようとしているのよ」

力を込めて李子さんが言った。その顔には苛立《いらだ》ったような表情が浮かんでいた。

笠井裕一郎の妻が、夫をどう思っているのか、僕にはまだわからない。ふたりは友人の結婚式で知り合い、一年弱の交際を経て結婚したというから、交際中には妻も夫のことが好きだったのだろう。

だが、李子さんのほうは、その男を明らかに嫌悪し、憎悪していた。李子さんの表情から、それがはっきりと感じられた。

笠井裕一郎が妻にしていることを、李子さんがさらに詳しく話し始めた。

結婚と同時に、笠井は東京郊外の住宅街に中古の一戸建て住宅を購入した。ここからほど遠くない住宅街だ。笠井がその家を選ぶ決め手となったのは、前の持ち主が物置として使っていた地下室があったからだという。

サディストの笠井は、妻を『調教』するために、その地下室にグロテスクな器具や道具の数々を取り揃えた。

女体を壁に拘束するための器具、床に拘束するための器具、女を拘束するためだけに作られたベッド、天井から女を宙吊《ちゅうづ》りにするための何本ものロープや鎖……膣《ちつ》や肛門《こうもん》に挿入したり、口に押し込んだり、局部に刺激を与えたり、女に悲鳴を上げさせるための道具……それらは本当におぞましいものなのだという。

その地下室で、笠井はほとんど毎日、妻から四肢の自由を奪った上で、さまざまな器具や道具を使って、徹底的に凌辱《りょうじょく》しているようだった。拘束した妻の裸体を鞭《むち》で打ち据えることもあるし、熱く溶けた蠟《ろう》の雫《しずく》を妻の体に滴らせることもあるらしい。

妻は毎日、声がかれるほどに泣き叫んでいる。けれど、地下室は防音性がとても高かったから、近所の人がその声に気づくことはなかった。

結婚前の笠井八重はふくよかな体つきをしていた。だが、夜ごとに続けられる『調教』によって、結婚してからの五年で体重は十キロ以上も減少した。

「聞いているだけで、ゾッとしたわ。わたしだったら、一日だって耐えられないと思う」

美しい顔を歪《ゆが》めて李子さんが言った。

「あの……離婚は、できないんだよね？」

またしても、ためらいがちに僕は尋ねた。

「その男、八重さんに対する執着心が異常なまでに強いみたいで、決して離婚には応じないらしいの」

「逃げ出すわけにはいかないの？」

僕はまた尋ねた。僕の母は父の暴力から逃れるために、父の不在中に家を出たと聞いていた。

「うん。わたしも八重さんに、そうするように勧めているんだけど、親や親戚《しんせき》の手前もあって、なかなかその決心がつかないみたいなの。八重さん、まだ二歳になったばかりの女の子も抱えているから、経済的なことも考えてしまうみたいね」

李子さんが言葉を続け、僕は黙って頷《うなず》いた。

そんな僕に向かって、李子さんがさらに言葉を続けた。

「わたしだって、人殺しなんてしたくないのよ。だからそうしなくていいように、いろいろと考えてみるつもり。でも、もし万一、その時が来たら、またシュンにお願いすることになるかもしれない」

その言葉に、僕はまた黙ったまま頷いた。

13.

話を終えた李子さんがグラスの底に残っていたスコッチウィスキーを飲み干した。今夜はそれが三杯目のウィスキーだったから、アルコールに強い李子さんも少し酔ったのだろう。大きな目が充血し、頬がほんのりと赤くなっている。

「そうだ。シュンに、きのうのご褒美をあげなくちゃね」

思い出したかのように李子さんが言い、誘うような笑みを浮かべて僕を見つめた。

それはずっと待ち侘《わ》びていた言葉だった。

李子さんは静かにソファから立ち上がると、その細い指でガウンの腰紐《こしひも》をほどき、骨張った肩を左右に揺するようにしてそれを脱ぎ捨てた。すらりとしたその姿が、北側の壁に張られている大きな鏡に映っていた。

李子さんが美しい体の持ち主だということは、よくわかっている。それにもかかわらず、ガウンを脱いだ李子さんを目にした瞬間、いつものように、僕は思わず息を呑《の》んだ。

李子さんはガウンの下に純白の洒落《しゃれ》たブラジャーと、やはり純白の小さなショーツを身につけているだけだった。半透明のショーツの薄い生地の向こうに、脱毛を逃れたわずかばかりの性毛が押し潰《つぶ》されているのが透けて見えた。

アクセサリーが好きな李子さんは、臍《へそ》にも大粒のダイヤモンドのピアスをつけている。その美しいピアスは李子さんに本当に似合っている。

定期的にスポーツクラブとエステティックサロンに通っている李子さんの肉体には、四十歳になった今も艶《つや》と張りがあり、贅肉《ぜいにく》と呼ばれるようなものがまったくない。そして、すべての部分が引き締まっていて、少女と見まがうほどに美しかった。

そう。それはまさしく完璧《かんぺき》な肉体だった。そこには削らなければならないところも、付け加えなければならないところもまったくないように僕の目には映った。

「おいで、シュン」

唇のあいだから透き通るように白い歯を覗かせて、李子さんが手招きした。いつも凛《りん》としているその顔に、淫靡《いんび》な笑みが浮かんでいた。

ショーツの中で男性器が急激な膨張を始めたのを感じながら、僕は李子さんに歩み寄った。

そんなふうに向き合うと、李子さんの目は僕のそれよりほんの少し下に位置していた。

僕は二本の腕を李子さんのほうに伸ばし、ほっそりとしたその体を両手で力強く抱き締めた。

「シュン、好きよ」

囁《ささや》くように李子さんが言う。湿った息が僕の耳をくすぐる。

その李子さんの唇に、僕は自分のそれを重ね合わせる。伸ばした舌で李子さんの口の中を夢中で掻《か》きまわす。同時に、ブラジャーのカップを押し上げ、少しだけ汗ばんでいる小ぶりな乳房を強く揉《も》みしだく。

李子さんが痩《や》せた体を捩《よじ》り、僕の口の中に「むふっ」「むううっ」というくぐもった呻《うめ》きを漏らす。ふたりの歯が何度となくぶつかり合う。

長いキスをようやく終えると、李子さんが僕を見つめて口を開いた。

「シュン、何がしたい？　ご褒美だから、どんなことでもいいよ」

唾液《だえき》に濡《ぬ》れた李子さんの唇が妖艶《ようえん》に光る。充血した大きな目が欲望のために潤んでいる。

「あの……もし、よかったら、あの……口でしてもらえるかな？」

遠慮がちに僕は言った。

「ええっ、口で？」

押し上げられたブラジャーを元に戻し、李子さんがあからさまに顔を顰《しか》めた。

李子さんがオーラルセックスを毛嫌いしていることはよく知っていた。男性器を口に押し込まれていると、服従を強いられているような気分になるのだという。

「あの……嫌なら、しなくていいよ」

「いいよ。ご褒美だから、今夜は特別にしてあげる」

淫靡な笑みを浮かべて言うと、李子さんがゆっくりと足元に跪《ひざまず》き、僕の穿《は》いているデニムのミニスカートと黒いビキニショーツを踝《くるぶし》まで引き下ろした。そして、真上を向いてそそり立っている男性器に顔を近づけ、大きな目をそっと閉じてから、唾液に濡れた唇をそこにゆっくりと被《かぶ》せていった。


僕の性器が口の中に収まると、すぐに李子さんが顔を前後に動かし始めた。すぼめられた李子さんの唇から唾液に塗《まみ》れた男性器が、規則正しく出たり入ったりを繰り返した。

李子さんはしっかりと目を閉じ、頬を凹ませ、鼻の穴をいっぱいに広げている。きっと息苦しさを覚えているのだろう。細く描かれた眉《まゆ》のあいだに深い縦皺《じわ》を作り、その美しい顔を悩ましげに歪めている。

いつも凛としている李子さんのそんな顔を見下ろしていると、いつものように、僕の中に凶暴な感情が湧き上がってくる。それは『支配したい』、『服従させたい』、『メチャクチャにしてやりたい』という感情だった。

普段の僕は女を支配したいとは決して思わない。だが、李子さんと性行為をしている時には、その感情にしばしば駆り立てられる。

その凶暴な感情のおもむくままに、僕は両手で李子さんの髪を鷲摑《わしづか》みにした。そして、李子さんの顔をさらに速く、さらに激しく前後に打ち振らせた。

「うっ……むっ……うふうっ……」

塞《ふさ》がれた口から、李子さんが苦しそうな呻き声を絶え間なく漏らす。唇から溢《あふ》れ出た唾液が、フローリングの床にたらたらと滴り落ちる。李子さんの顔が歪み、その顔に僕は凶暴な感情をさらに募らせる。

男性器がひときわ強く喉《のど》を突いた瞬間、李子さんが思わずそれを口から吐き出し、骨張った体を捩り、口から唾液を滴らせながら激しく咳《せ》き込んだ。

ようやく咳《せき》を終えた李子さんが、頭上にある僕の顔を睨《にら》みつけた。上気したその顔には怒りの表情が浮かんでいた。

「乱暴にしないで、シュン。乱暴なことをするなら、もうやめるよ」

「もうしない。だから、続けて」

「ちゃんと謝りなさい」

「ごめんなさい。許してください」

僕が慌てて謝罪をし、李子さんが怒った顔をしながらも再び男性器に唇を近づけた。

そして、強い硬直を保ち続けているそれをまた深々と口に含み、再び顔を前後に振り動かし始めた。

すぼめられた唇が男性器の表面を擦《こす》るたびに、快楽がどんどんと高まっていった。それは台風の時にコンクリートの堤防に打ち寄せる巨大な波によく似ていた。

堤防に打ち寄せる波は一回ごとに大きくなり、一回ごとに激しくなり、そして、やがて、堤防を乗り越えた。

意思とは無関係に、男性器が不規則な痙攣《けいれん》を始めた。男性器は痙攣をするたびに、李子さんの口の中におびただしい量の体液を放出した。

数回にわたって続いた男性器の痙攣が治まるのを待って、李子さんがゆっくりと顔を上げ、体液を口に含んだまま頭上にある僕の顔を見つめた。

僕は何も言わなかった。それにもかかわらず、李子さんは何度か喉を鳴らしながら、口の中のものをすべて飲み下してくれた。

14

部屋の片隅に置かれた背の高いシェイドランプの光が、広々とした室内に優しく満ちている。灯っている明かりはそれだけだから、部屋の中は少し薄暗い。

李子さんがベッドに歩み寄り、羽毛の掛け布団を乱暴に床に払い落とす。自らの手でブラジャーを外し、ショーツを脱ぎ捨ててベッドの上に上がる。白いシーツに両肘《ひじ》と両膝《ひざ》を突き、引き締まった二本の脚を左右に大きく広げる。

ついさっき、李子さんの口の中に体液を放出したばかりなのに、僕の性器が再び強い硬直を開始する。

「おいで、シュン」

ベッドの上で四《よ》つん這《ば》いになったまま、李子さんが僕を見つめる。

李子さんの言葉に無言で頷《うなず》くと、僕はタンクトップを脱ぎ捨てる。黒いスポーツタイプのブラジャーを外し、全裸になって李子さんの背後にまわる。

その場所からだと、菊の花のような形をした小豆《あずき》色の肛門《こうもん》と、分泌液に濡れて光る女性器がはっきりと見える。

ベッドに上がり、李子さんの背後に膝立ちになる。子供のように小さな李子さんの尻《しり》を両手で強く摑む。

李子さんと性的な関係を持ち始めたばかりの頃には、何をすればいいのかがわからなかった。かつての僕には、その経験が一度もなかったから。

けれど、今ではもう、そんなことはない。

男性器の先端を、李子さんの股間《こかん》にあてがう。ショーツの跡が微《かす》かに残る李子さんの尻を手前に引き寄せながら、自分は腰をゆっくりと突き出す。硬直した男性器が膣《ちつ》の入口を押し広げ、その内部にずぶずぶと沈み込んでいく。

李子さんが体を反らして低く呻く。淡い色のマニキュアに彩られた両手で、糊《のり》の効いたシーツを強く摑む。

男性器が李子さんの中に完全に埋没すると、僕は腰を前後に打ち振り始める。最初はゆっくりと、優しく、静かに……その後は、少しずつ速く……やがて、荒々しく、激しく……硬直した男性器で、四つん這いになっている李子さんの体を貫く。

「あっ……ダメっ……シュンっ……あっ……うっ……ああっ、いやっ！」

男性器の先端が子宮口に激突するたびに、李子さんが声を上げる。天井に顔を向けたり、その顔をシーツに擦りつけたりしながら、長い髪を振り乱して喘《あえ》ぎ悶《もだ》える。滑らかな皮膚が噴き出した汗で光り始める。浅ましくさえ見えるその姿は、ふだんの毅《き》然《ぜん》とした李子さんからは想像もつかない。

四つん這いの李子さんの姿と、その背後で腰を打ち振り続けている僕の姿が、北側の窓の大きな鏡に映っている。僕の胸に膨らみはないが、今も長い栗色のカツラを被っているし、顔には濃密な化粧を施しているから、女同士が交わっているようにも見える。

そこに大きな鏡を取りつけようと提案したのは李子さんだった。僕と交わりながら、いつも李子さんはその鏡に頻繁に視線を向けている。

李子さんの胸に手を伸ばし、前後に揺れる小ぶりな乳房を荒々しく揉《も》みしだく。さらには、李子さんの髪を背後から摑んで力ずくで振り向かせ、絶え間なく喘ぎ声を漏らしている口を荒々しく貪《むさぼ》る。

誰から教えられたわけでもないのに、本能に駆り立てられるようにして僕はそんなことをする。

そう。やはり僕は男なのだ。僕の中には男という凶暴な獣が間違いなく存在しているのだ。

李子さんと交わるたびに、僕はそれを実感する。

僕はさらに激しく腰を打ち振り、李子さんがさらに激しく喘ぎ悶える。防音性の高い部屋の中に、ふたりの肉がぶつかり合う鈍い音と、李子さんの口から出る声が果てしなく響き続ける。

やがて僕は絶頂に達し、李子さんの中に再び体液を放出する。李子さんは、経口避妊薬を服用しているから、避妊をする必要はない。

15.

その後も僕たちは二度にわたって性行為を続けた。すべてが終わったのは午前一時をまわった頃で、行為を始めてから二時間近くが経過していた。

行為を終えた僕たちは、全裸のままベッドの背もたれに並んで寄りかかった。李子さんがビールを飲みたいと言うので、僕はベッドを出て冷蔵庫に向かい、冷えた缶ビールを取り出してからまたベッドに戻った。

「シュンは本当に元気ね。わたしはもう、ふらふら。立つこともできないよ」

疲れ切った顔の李子さんが、ビールを飲みながら笑った。「シュンはどう？　まだできそう？」

「あの……できると思う」

僕は言った。もう一度、李子さんと交わりたいと、さっきから思っていたのだ。

「わたしはもうダメ。今夜は許してね」

李子さんが言い、僕は残念に思いながらも頷いた。

李子さんは僕のすぐ左にいた。剝《む》き出しの右腕が、僕の左腕と触れ合っていた。僕の体は火照っていたが、李子さんの腕はひんやりとしていた。

「男に抱かれるのは服従を強いられているみたいで耐えられなかったけど、不思議なことにシュンだけは別なのよ」

その言葉に、僕は無言で頷く。

時折、李子さんに利用されているのかもしれないと考える。僕の存在は、李子さんにとって都合がいいだけなのかもしれない、と。

けれど、それでもかまわない。李子さんがいなければ、僕には生きていく方法がない。

「いつか僕は逮捕されるのかな？」

左腕に李子さんの右腕の冷たさを感じながら、僕は独り言のように呟《つぶや》く。

李子さんは何も言わず、缶ビールをまた一口飲む。喉《のど》の鳴る小さな音が僕の耳に届く。

僕はまた口を開く。

「もし、逮捕されても、李子さんのことは決して口にしないよ」

「シュンが何も喋《しゃべ》らなくても、芋づる式にわたしも逮捕されるわよ」

こちらに顔を向けて李子さんが言う。唇の脇に流れた唾液《だえき》の跡が残っている。

「逮捕されたら、僕たちは死刑になるのかな？」

「そうなるかもしれないわね」

「李子さんは怖くないの？」

「怖いよ。でも、やらずにはいられないの」

僕の顔を見つめて李子さんが言う。「あの……シュンは死刑になるのが怖い？」

「怖くないよ」

すぐに僕はそう答える。

そう。僕には昔から、怖いことなど何もない。

「神様はどうして男なんて作ったのかしら？　世の中に、男なんていなければいいと、時々、本気で思うの」

前方に顔を向けた李子さんが言い、僕は李子さんの横顔を見つめて小さく頷く。

李子さんは母の妙子さんと同じように、『男に支配され、虐げられている女たちを助けたい』と望んでいる。そして、妙子さんと同じように、世の中の男たちを嫌悪し、憎悪している。


いつものように、李子さんはここに泊まらず母家へと戻っていった。病気の妙子さんのことが心配なのだ。

李子さんが母家に入って行くのを窓から見届けてから、僕はドレッサーの前に座って化粧を丁寧に落とし、長い栗色のカツラを取り、身につけていたアクセサリーをすべて外した。

鏡に映っている素顔の自分を見つめていたら、急に母のことを思い出した。

母は今、どこで何をしているのだろう？　今も生きているのだろうか？

ドレッサーの前を離れ、洗面所で歯磨きを済ませる。薄い木綿のパジャマを身につけ、ふたりの体液や李子さんの唾液が染み込んだシーツに身を横たえる。眠る前にまた本を読もうと、サイドテーブルの上にあったKindleを手に取る。けれど、Kindleには視線を落とさず、また母のことを考える。

いつだったか、李子さんが母を探してみようかと提案してくれた。探せば見つけることができるかもしれない、と。

けれど、僕はそれを断った。きっと母は、父に似ている僕の顔を二度と見たくないと思っているのだろう。

Kindleをサイドテーブルに戻し、明かりを消す。暗がりに沈んだ天井を見つめる。

今度は妙子さんのことを考える。

妙子さんはすでに、自分が間もなく死ぬ運命にあるということを受け入れているようだった。

ああっ、僕が好きな人たちは、どうしてみんないなくなってしまうのだろう。

叫び出したくなるような感情が胸に湧き上がる。けれど、無力な僕にできることは何ひとつない。

第二章

1.

初めて人を殺したのは、春の初めのことだった。

「どう考えても、その男を殺してしまう以外に解決策はないと思うの。大平美月《おおひらみつき》さんっていう女の人なんだけど……彼女、自殺するほど思い詰めているの」

その一週間ほど前の夜、このプレハブハウスにやって来た李子さんが暗い顔をして言った。

『殺してしまう以外に解決策はない』

社会派弁護士である李子さんの口から出たその言葉に、僕はひどく驚いた。

ぼんやりとしている僕を見つめて、李子さんがさらに言葉を続けた。

李子さんによれば、大平美月というその女は三十五歳、夫の順平《じゅんぺい》は三歳年下の三十二歳。ふたりはSNSで知り合い、三ヶ月ほどの交際期間を経て二年前、美月が三十三歳、順平が三十歳の時に結婚した。美月は富山県の出身だったが、東京に暮らす順平との結婚のために上京した。

夫の順平は都立高校の数学の教諭だった。彼は真面目で仕事熱心で、二年生のクラス担任もしていて、学校では生徒思いの『いい先生』だと思われていた。

結婚前は美月も、順平のことを『顔もスタイルも良くないけど、心が優しい、いい人』だと考えていた。すでに三十三歳になっていた自分には、あまり高望みはできないとも感じていた。

だが、学校での姿は大平順平の表向きのものであり、妻の前では『いい先生』とは対極の人間へと豹変《ひょうへん》した。

美月がそれに気づいたのは、結婚した直後のことだった。

学校での順平は、体罰には断固として反対という立場を取っているようだった。だが、自宅では些細《ささい》なことで妻の美月を激しく罵《ののし》り、凄《すさ》まじい暴力を振るった。幼い頃から柔道を習っていて、以前は柔道部の顧問もしていたという順平は、小柄だったが怪力の持ち主だった。

時には、帰宅した自分を妻が玄関まで出迎えに来なかったという理由で……時には、浴槽に満たされている湯の温度がぬるすぎるという理由で……時には、食事が口に合わなかったという理由で……時には、自分への話し方が生意気だったという理由で……だが、そのほとんどの時には、理由など何ひとつないまま……順平は妻を罵倒《ばとう》し、平手打ちを浴びせたり、腹部に拳《こぶし》を突き入れたり、柔道の技を使って床に叩《たた》きつけたりした。

一度、怒りに火がつくと、妻がどれほど謝っても男の怒りは治まらなかった。

暴力の仕上げはいつも柔道の固め技だった。腕ひしぎ脚固め、腕ひしぎ腹固め、腕ひしぎ膝《ひざ》固め、腕ひしぎ十字固め、腕ひしぎ三角固め……どの技をかけられた時も、関節が軋《きし》み、美月は地獄の苦しみに襲われた。夫はそれほど力を入れていないようだったが、美月のほうは身動きするどころか、呼吸を続けることさえ難しく、いつも汗まみれになって悶絶《もんぜつ》した。

支配欲が強い男には見えなかったが、順平はあらゆる面で妻を支配しようとした。彼は妻のスマートフォンに搭載されているGPSの機能を使い、彼女が今どこにいるのかに絶えず目を光らせた。それだけでなく、自宅に戻るとまず妻のスマートフォンを手に取り、通話履歴や友人たちとのメールのやり取りなどを徹底的に監視した。

順平は金銭面でも妻を縛りつけていた。彼は妻に家計簿を作らせ、そのひとつひとつを細かくチェックした。数学の教師だけあって、彼は極めて数字にうるさい男だった。そんなこともあって、美月はドラッグストアで安い口紅を買うことにさえ、夫の許しを求めなければならなかった。

さらに順平はほとんど夜ごとに、嫌がる妻をレイプでもするかのように犯した。妻の肛門《こうもん》に潤滑クリームを塗りつけ、いきりたった男性器をそこに無理やり押し込むこともしたし、肛門から引き抜いた男性器を口に含ませるようなこともした。

妻の美月にとっては、毎日が地獄だった。こんなことが永久に続くのだと思うと、正気を保っていることさえ難しかった。

「離婚しちゃえばいいのに」

李子さんの話が途切れるのを待って、僕はそう言ってみた。

「そう簡単にはいかないのよ」

思い詰めた顔をした李子さんが言った。李子さんによれば、大平美月は富山県に七十代の両親と三人で暮らしていたが、その両親は順平との結婚に強く反対した。ひとり娘の美月に養子を迎え、自分たちと同居し、先祖代々の墓を守り続けることを、両親は以前から強く望んでいたようだった。

父は、『その男と結婚するなら、親子の縁を切る』とまで言った。その反対を強引に押し切って家を出て来たので、美月にはもはや戻るところがなかった。

富山にいた頃の美月は自宅近くの食品製造工場で働いていたが、東京に来てからは仕事をしておらず、経済的な不安もあって離婚には踏み切れないでいるということだった。

事務所に来る相談者のことを、それほど具体的に李子さんが僕に話すのは初めてだった。

「そんな男の話を、どうして僕にするの？」

李子さんの顔をじっと見つめて僕は尋ねた。「もしかしたら、その男を僕に殺してほしいの？」

あの早春の晩、李子さんは顔を強《こわ》ばらせてゆっくりと頷《うなず》いた。

「どうやって殺すかは、わたしが考える。絶対に捕まらない方法を考える。だから、シュン……わたしに力を貸して」

縋《すが》るような顔をした李子さんが、僕を真っすぐに見つめた。

僕は唇を嚙《か》み締め、李子さんの目を見つめ返してゆっくりと、だが、深く頷いた。

李子さんの頼みとあれば、どんなことでもするつもりだった。

2.

あの月曜日の夜、僕は李子さんの立てた計画に従い、東京郊外の神社に隣接した大きな公園へと向かった。

まだ三月だったけれど、南から暖かな風が流れ込んでいるせいで、夜になってもそれほど気温は下がらなかった。

あの夜、僕はとても濃い化粧を施し、肩の長さで切り揃えられた黒髪のカツラを被《かぶ》り、たくさんのアクセサリーを身につけ、マイクロミニ丈の黒いワンピースの上にフェイクファーの白いハーフコートを着込んだ。足元は李子さんから借りた、踵《かかと》の高さが十センチ以上あるクリスチャン・ルブタンの白いパンプスだった。

暖かな晩ではあったけれど、僕は厚手の黒いタイツを穿《は》き、ピッタリとした黒い革製の手袋を嵌《は》めていた。肩には少し大きめのショルダーバッグをかけていた。

目的地の公園に着いたのは午後七時を少しまわった頃だった。

古い神社に隣接するその公園は、鬱蒼《うっそう》とした木々に囲まれていた。主に楠《くすのき》などの常緑樹だった。広々とした公園にはところどころに街灯が灯《とも》っていたが、そのほとんどが木々の葉に邪魔されて公園内は薄暗かった。近くには国道が走っていたけれど、車やオートバイのエンジン音はそれほど気にならなかった。風が抜き抜けるたびに、木々の葉が音を立てて揺れていた。

目的地に着くと、李子さんからの新たな連絡を待ちながら、公園内に造られた小道をゆっくりと歩いた。李子さんは勤務先の高校を出た大平順平の跡をつけ、彼と一緒に電車に乗り、今まさにこの公園に向かっていた。少し前に届いた連絡によれば、今夜の順平は濃紺のスーツに、ベージュのトレンチコートを着ているということだった。

公園内にはいくつものベンチがあり、街灯の光の届かない暗がりのベンチでは、人々が寄り添ったり、抱き合ったり、唇を重ね合わせたりしていた。その多くが男同士のように見えた。女の衣類を身につけた人もいたが、近くで見ると明らかに男だった。

その公園は男性の同性愛者の出会いの場として有名なところのようで、大平順平という高校の数学の教師も今夜、新たな出会いを求めてその公園に向かったらしかった。

そう。大平順平は同性愛者でもあったのだ。

結婚の直後に、順平はその自分の性癖について、妻の美月に公言していた。

そのことに、妻の美月はひどく驚いた。少なくとも、美月の知る限りでは、彼女の周りに同性愛者は存在しなかった。

「どうして結婚前に教えてくれなかったの？　今になって、急にそんなことを言うなんてひどいわ」

美月は顔をわななかせた。

けれど、順平は『どこがひどいんだ？　お前には関係ないことだろう？』と言って、悪びれた態度を見せることはなかった。

順平のセックスは乱暴で、自分勝手で、以前から美月にとっては苦痛でしかなかった。だが、夫が同性愛者であると知ってからは、その行為にこれまで以上のおぞましさを覚えた。

夫の性器は見知らぬ男たちの肛門にしばしば挿入されているのだ。そんな穢《けが》れた器官を、夫は自分の口に押し込んだり、肛門に突き入れたりしているのだ。

そう考えると、耐えられなかった。

その美月によれば、月曜日の夜には、順平は頻繁にその公園を訪れているということだった。翌日の火曜日は彼の『研究日』にあたっていて、学校には行かずに済んだから、公園で出会った行きずりの男とラブホテルのようなところに向かい、そのまま朝まですごすということもあるらしかった。

公園内をあてもなく歩いていると、街灯の光の届かない暗がりで、ひとりの男が声をかけてきた。背が高く、がっちりとした体つきの男で、口の周りと顎《あご》に髭《ひげ》を蓄えていた。

「あんた、男か？　それとも女か？」

ぎょろりとした目で僕を見つめて男が訊《き》いた。

「あの……男です」

男を見上げ、僕は小声で答えた。踵の高いパンプスを履いているにもかかわらず、男の目の位置は僕のそれより十センチ近く上にあった。

「だったら、あのベンチで話をしないか？」

男が近くにあるベンチを指差した。

僕は無言のまま、慌てて首を左右に振った。遠心力でカツラが広がり、耳元で大きなピアスが揺れた。

「俺じゃあ、いやか。わかった。じゃあな」

男はそう言い捨てると、足速に離れていった。

3.

スマートフォンがLINEの着信音を発したのは、公園に着いて二十分ばかりが経過した頃だった。

『今、公園の入口にいる』

LINEは李子さんからだった。僕は返信をせず、パンプスの踵の高さに悩まされながらも、公園の入口へと足速に向かった。

歩いている途中、暗がりのベンチで、ひとりの男がベンチに座っている男の前に跪《ひざまず》き、その股間《こかん》に顔を伏せている姿が目に入ってきた。ベンチに座っている男は土木作業員のような恰好《かっこう》をしていて、跪いているほうの男はスーツを着込んでいた。

別のベンチではふたりの人間が唇を合わせていた。そのひとりは女物の衣類を身につけ、髪を伸ばしていたが、とても体が大きくて、顔は明らかに男のものだった。

大平順平は公園の入口のすぐそばにいた。妻の美月から提供された何枚かの写真を見ていたから、彼を見つけるのは容易なことだった。

順平は男としてはかなり背が低く、色白で目が小さく、頭のてっぺんが禿《は》げかけていた。ベージュのトレンチコートを着ていても、彼がずんぐりとした体つきをしていることがはっきりと見て取れた。

僕は李子さんの姿を探した。けれど、李子さんはすでに立ち去ってしまったようだった。

そう。ここからは、僕ひとりの仕事だった。

李子さんが立てた計画に従い、僕は男に歩み寄り、こちらを見つめている男に声をかけた。

「あんた……男なのか？」

僕と向き合うように立った男が尋ね、僕は「今夜、どうですか？」と言って微笑みかけた。そのセリフも李子さんが考えてくれたものだった。

その直後に、男が僕の手首を摑《つか》み、大きな楠の幹の裏側の暗がりに引っ張り込んだ。小柄だけれど、男は力がとても強かった。

楠の幹の裏側で、男は無言のまま僕を強く抱き締め、背伸びをするかのようにして僕の唇に自分のそれを重ね合わせた。そして、体に張りつくようなワンピースの上から胸をまさぐったり、ワンピースの裾《すそ》を捲《まく》り上げて男性器を握り締めたりした。

男の唾液《だえき》は少しネバついていて、ニンニクのにおいがした。

男は一分以上にわたって僕の唇を貪《むさぼ》り続け、背中や尻《しり》を撫《な》でまわし続けた。

執拗《しつよう》なキスをようやくやめた男が、声を上ずらせて言った。

「どこから見ても女だが、確かに男だな。お前みたいに綺麗《きれい》な男を見たのは初めてだ。どうする？　その辺のベンチでやるか？　今ここで咥《くわ》えてもらってもいいぞ」

嬉《うれ》しそうに男が言った。

「ここは寒いし、人に見られるから嫌です」

「それじゃあ、どうする？」

「タクシーでホテルに行きましょう。タクシーとホテルの支払いは僕がします」

僕は男にそう提案した。それもまた、李子さんが考えたものだった。

あの月曜日の夜、大平順平と僕は公園の前からタクシーに乗ってラブホテルへと向かった。彼が行きずりの男たちと頻繁に利用しているところのようだった。

僕はラブホテルに足を踏み入れたことなど一度もなかったから、タクシーの中ではひどく緊張していた。ましてや、僕はこれからその男を殺害するのだ。緊張するなと言うほうが無理だった。

タクシーの中でも男は運転手の目を気にすることなく、僕のワンピースの裾を捲り上げて太腿《ふともも》の内側を撫でまわしたり、タイツとショーツの上から男性器を握ったり、擦《こす》ったりした。

李子さんにそんなことをされたら、僕の性器はすぐに硬直してしまうだろう。けれど、僕の性器はその刺激にまったく反応しなかった。

タクシーは十分足らずで目的地に着いた。

約束通り、タクシー代は僕が現金で支払った。ホテルに入る時にも現金で僕が支払いをした。犯行の発覚を少しでも遅らせるために、『休憩』ではなく、『宿泊』を選択した。

建物の四階に位置しているホテルの部屋は、想像していたほど毒々しい雰囲気ではなく、清潔で広々としていて、ひとつも窓がないことを別にすればリゾートホテルのようにも感じられた。

部屋に入るとすぐに、男が再び僕の体を骨が軋《きし》むほど強く抱き締めた。男はニンニクのにおいが残る口で僕の唇を荒々しく貪りながら、また胸や股間を荒々しくまさぐった。

「今すぐ咥えてくれ。もう我慢ができない」

小さな目を欲望に潤ませて男が言った。

「その前にお風呂《ふろ》に入りませんか？　そうしたら、どんなことでもしてあげます」

できるだけ平然とした口調で僕は言った。

最悪の場合には、男の性器を口に押し込まれる覚悟はしていたし、場合によっては無理やり肛門《こうもん》を犯されることもあるのかもしれないと考えていた。ゾッとするほどおぞましいことだったが、李子さんのためなら、どんなことだってするつもりだった。

だが、できることなら、そんなことはしたくなかったし、されたくなかった。

「風呂に入ったら、どんなことでもしてくれるのか？」

好色な表情を浮かべた男がニヤリと笑った。

「はい。だから、先にお風呂に入ってください。僕もすぐに行きます」

僕が言い、男は「よし、わかった」と言って浴室に入っていった。

僕は何度となく唇を舐《な》めた。強い緊張と恐れが全身を包み込んでいた。

この計画は李子さんが立てたものだったが、男の妻である美月もその計画に賛成していた。彼女は『いい教師』という善人の仮面を夫から引き剝《は》がし、その顔に泥を塗りつけることを切望していた。

確かに、見知らぬ女とラブホテルに入り、そこで殺されたとしたら、学校関係者も生徒たちもひどく驚き、大平順平を蔑《さげす》むことになるはずだった。

4.

都立高校の数学の教師が浴室に姿を消すとすぐに、僕は着ているものをすべて脱ぎ捨て、黒いビキニショーツと黒い革製の手袋だけの姿になった。服を脱いだのは、濡《ぬ》らしたくないというだけの理由からだった。手袋も濡らしたくなかったが、指紋を残さないためにも、それを外すわけにはいかなかった。

浴室の前には二畳ほどの広さの脱衣場があり、その棚に白いタオル地のバスローブが用意されていた。僕は素肌にそのバスローブを羽織ると、ショルダーバッグからスタンガンと、刃渡り二十センチほどのサバイバルナイフを取り出した。どちらも李子さんが用意してくれたもので、スタンガンは人を一瞬で失神させるほど強烈なものだということだった。

そう。そのスタンガンで電気ショックを与え、男がひるんだ隙にナイフで刺殺するというのが李子さんの計画だった。

スタンガンとナイフをバスローブのポケットに忍ばせてから、僕は浴室のドアをゆっくりと開いた。

浴室は壁も天井も床も白くて、明るくて、広々としていて、赤い円形の浴槽もかなり大きかった。男がジャグジーのスイッチを入れたようで、浴槽内の湯は激しく波立っていて、湯の中に沈んだ男の裸体はほとんど見えなかった。

「来たな。一緒に入ろう。バスローブを脱げ」

僕を目にした男が、とても横柄な口調で命令を下した。

「脱ぎます。でも、恥ずかしいから、向こうを向いてください」

「いいから脱げ。早くしろ」

男が再び僕に命じた。

「向こうを向いてくれないなら、一緒には入りません」

ポケットの中のスタンガンを握り締めて僕は言った。

「わかった。じゃあ、早くしろ」

そう言うと、男が肉付きのいい背中を僕のほうに向けた。

その瞬間、僕は手袋を嵌《は》めたままの手でポケットからスタンガンを取り出し、それを短くて太い男の後ろ首に押しつけてスパークさせた。

言葉にできない異様な音が浴室内に響き渡り、男が叫ぶかのような声を上げた。タンパク質が焦げるにおいがした。

その一撃で男は朦朧《もうろう》となり、湯の中に沈みかけた。

計画では、次はナイフを使うはずだった。けれど、僕はそうはせず、自分も浴槽に飛び込むと、ほとんど意識を無くしている男の頭を、手袋を嵌めた両手で鷲摑《わしづか》みにし、激しく泡立つ湯の中に深々と押し込んだ。

なぜ、計画通りにしなかったのかは、自分でもよくわからなかった。とにかく、僕はその男をナイフで殺すのではなく、溺死《できし》させたいと思ったのだ。その男には、そんな死が相応《ふさわ》しいと、とっさに考えたのだ。

頭を激しく泡立つ湯の中に沈められた男が猛烈に悶《もだ》えた。けれど、僕が手の力を緩めることはなかった。

今まさに、僕の手で、ひとつの生命体がその生の時間を終えようとしている。

男の抵抗を抑え込みながら、それをはっきりと感じた。

やめようとは思わなかった。僕もまた、その男を殺したかった。いつの間にか、僕はその男を心の底から嫌悪していた。

男の抵抗は一分ほど続いた。いや、もう少し短かったかもしれない。

いずれにしても、湯の中に沈んだ男は、やがてその動きを完全に止めた。

だが、男が動かなくなったにもかかわらず、僕はさらに五分以上にわたって、革の手袋を嵌めたままの手で男の頭を強く押さえ続けていた。

男が完全に死んだのを確かめてから、僕は浴槽の中に男の死体を残したまま衣類を身につけてホテルをあとにした。ホテルを出ると濡れた手袋を外し、スマートフォンを使って李子さんにLINEを送った。

ホテルからすぐのところに国道があった。その交差点に佇《たたず》んでいると、すぐに李子さんの運転する車がやって来た。精巧に作られた偽造のナンバープレートをつけた白いプリウスのレンタカーだった。

僕はその車の後部座席に乗り込み、車の中で着替えをし、カツラを外し、化粧を落とし、アクセサリーを外した。着替えをしながら、今夜のことを李子さんに報告した。

李子さんは、僕が男をナイフで刺し殺したのではなく、浴槽で溺《おぼ》れさせたことに驚きながらも、『ありがとう、シュン。よくやってくれたね』と褒めてくれた。

その後、李子さんは一般道を長いあいだ走り続け、絶対に防犯カメラがないと思われる山道で偽造のナンバープレートを外した。そして、車をUターンさせ、僕たちが暮らす家へと戻った。

5.

「本当に殺す以外に……方法がなかったの？」

あの夜、横浜市青葉区の家に戻る車の中で、僕はおずおずと李子さんに尋ねた。

李子さんの頼みとあれば、どんなことでもするつもりだった。それでも、この手で実際に人を殺してしまったということに強い衝撃を覚えていた。

僕は殺人者になったのだ。これからも続くはずだった人間の未来の時間を、永久に断ち切ってしまったのだ。

それを正当化する理由は、少なくともあの晩の僕には見つけられなかった。

「殺す以外になかったの。そうしなければ、美月さんはきっと……きっといつか、あの男に殺されてしまったはずよ」

ハンドルを握った李子さんが、前方を見つめたまま、語気を強めるようにして言った。

赤信号で車が停止した時に、黙っている僕に向かって李子さんがさらに言葉を続けた。

「わたし……これまでに、ふたりの相談者を死なせてしまったの。ふたりとも殺されるかもしれないと思いながら、わたしは……ふたりもの女の人を死なせてしまったのよ」

こちらに顔を向けた李子さんが、声を震わせて言った。

すぐに信号が青に変わり、李子さんがまた車を走らせ始めた。


あの晩、僕はそれ以上、訊《き》かなかったし、李子さんもまたそれ以上のことは口にしなかった。けれど、その数日後に、李子さんは、自分が死なせてしまったというふたりの女の話をしてくれた。

そのひとりは二十七歳のOLで、三歳年上の恋人の暴力に耐えかねて李子さんの事務所にやって来た。その時すでに、女の顔には殴られたアザができていた。臀部《でんぶ》や太腿《ふともも》には無数の内出血が見られたし、腕には火のついた煙草を押しつけられた火傷《やけど》の跡もあった。

李子さんは彼女を恋人の暴力から救い出すべく、警察とも相談していくつかの手段を講じた。彼女を密《ひそ》かに引っ越しさせただけでなく、男にもじかに会い、二度と恋人に近づかないという誓約書も書かせた。

だが、男は恋人の会社の前で待ち伏せし、帰宅する彼女の跡をつけることによって簡単に居所を突き止めた。そして、恋人がマンションのドアを開けた瞬間に部屋に押し入り、力ずくで犯した末に恋人の首を絞めて殺害した。

李子さんが『死なせてしまった』というもうひとりは、三十二歳のシングルマザーだった。彼女は運送会社に勤務する十歳年下の男と、九歳の娘の三人で暮らしていた。一緒に暮らし始めた頃、男は彼女にも娘にも優しかった。けれど、飲酒運転で会社を解雇されたことを境に人格が変わってしまった。仕事もせずに朝から酒を飲み、彼女と娘に暴力を振るうようになったのだ。

李子さんのところに相談に来た時、彼女の体にもいたるところにアザができていた。頬を強く張られた時に鼓膜が損傷し、左の耳がほとんど聞こえなくなっていた。

李子さんはこの女性のためにも尽力しようとした。だが、李子さんが本格的に動き出す前に、彼女は男に鈍器で頭を殴られ、脳出血を起こして死んでしまったのだという。

「あの時も、このままだと殺されてしまうと思った。それなのに……わたしはそれを止めることができなかった」

沈痛な顔をした李子さんが、僕を見つめて言った。

そして、李子さんは決意した。女たちが殺されてしまう前に、自分ができることをするべきだ、と。

高校教師が若い女と入ったラブホテルの一室で溺死したという事件は、それなりに大きなニュースになった。男の首にはスタンガンの跡が残っていたから、殺人事件として警察が捜査に乗り出した。

ホテルのエレベーター内や、建物の周りには防犯カメラがあり、そこに女装した僕の姿が映っていた。それは女にしか見えなかったが、いつ警察がここにやってくるかと、僕は不安を覚えていた。

李子さんは『大丈夫』と言っていたが、やはり不安そうな様子をしていた。

だが、犯人は今も逮捕されていない。

大平順平は生命保険に入っていて、少し前に妻の美月にそれが支払われたと聞いている。

6.

窓辺に置いた机の前でフランソワーズ・サガンの小説を読みながら、李子さんからの連絡を待っている。

昼すぎまではよく晴れていたが、少し前から激しい夕立が降り始めた。こうしている今も、南側の窓には無数の雨粒が音を立てて叩《たた》きつけている。窓の外はすでに真っ暗だが、時折、辺りが真昼のように明るく照らされ、その直後に窓ガラスを震わせて凄《すさ》まじい雷鳴が響き渡る。

外はそんなにやかましいというのに、モナカは何も聞こえていないかのように僕の足元で眠っている。いつものように、仰向《あおむ》けになり、体を真っすぐに伸ばしている。

李子さんが来るので、僕は入念な化粧を施し、たくさんのアクセサリーを身につけ、李子さんの好きなスズランの香りを漂わせている。頭には長いストレートのカツラを被《かぶ》っている。きょうは栗色ではなく、真っ黒なカツラだ。

さっきクロゼットから、タイトな黒いマイクロミニ丈のスカートを出して穿《は》いた。上半身はライトブルーのタンクトップだ。

もう李子さんを迎えるすべての用意が済んでいる。今夜はビーフシチューにマッシュポテトだ。ニンニクを入れたキャベツとツナとピーマンのサラダも作ったし、ホームベーカリーでパンも焼いた。

ふと思いつき、Kindleを机の上に置き、ノート型のパソコンを立ち上げる。

またしても窓の外が明るく照らされる。一テンポおいて、凄まじい雷鳴が響き渡る。その音が聞こえていないはずはないが、モナカは相変わらず、ぐっすりと眠り続けている。

すぐにパソコンが立ち上がり、僕はそこに取り込んである母の写真を見ることにする。

百枚ほどあるそれらの写真はどれも、家を出ていった母が本棚に残していったアルバムに貼ってあったもので、僕はすでに何百回も眺めている。

母は極端に小柄な女性だった。たぶん、身長は百五十センチに満たず、体重も三十キロ台前半だったのではないだろうか。母は肌の色がとても白く、欧米人を思わせるような彫りの深い、少しエキゾティックな顔立ちをしている。目が大きく、鼻が高く、口が小さく、笑っている時でさえ、どことなく寂しげで、悲しげに見える。

母のアルバムには、結婚前に父と江《え》の島《しま》に海水浴に行った時のものもあり、その中には波打ち際に立っている母のビキニ姿の写真が何枚かあった。

黒いトライアングル型のビキニを身につけた母は、思春期を迎える前の少女のように華奢《きゃしゃ》な体つきをしている。肩が尖《とが》り、脇腹には肋骨《ろっこつ》が浮き上がり、ウェストが細くくびれている。小柄だけれど、頭でっかちでもなければ、手足が短いということもなく、スタイルのいい女性をそのまま縮小したような体型をしている。

母がアパートの部屋に残していったアルバムには、僕の父だという男の写真も何枚かあった。身長が百八十センチ以上あったという父は、小柄な母と並ぶと本当に大きく見える。

どの写真でも、父は笑っている。父は上品で優しそうな顔立ちをしていて、暴力を振るって妻を支配するような男には決して見えない。

だが、そうなのだ。この男は毎日のように、小柄で無力な母を叩きのめし、さまざまな命令に従わせ、自分に服従させていたのだ。

『シュンは一日ごとに、あの男に似ていくのね』

母がそう言うのを、かつての僕は何度となく耳にしていた。そういう時の母の顔には、複雑な表情が浮かんでいた。

母が僕を置いて姿を消したのは、憎い男によく似た僕と一緒にいることに、耐えられなくなったからなのかもしれない。

母の名は瑠美子《るみこ》という。結婚前の姓は柏葉《かしわば》だ。今も生きていれば、李子さんと同じ四十歳のはずだ。

父の名は佐藤翔太郎《しょうたろう》。母と同い年だ。

母は都内の音楽大学のピアノ科に在学中に、同じピアノ科の学生だった父と出会って恋に落ち、その数ヶ月後に僕を妊娠した。

僕の祖父母にあたる母の両親は、父との交際に強く反対し、中絶するよう娘に命じた。父の家族もまた、母との結婚に猛反対した。若すぎるというのが理由だった。

母と父はしかたなく、大学を中退して駆け落ちをし、都内にある安アパートの一室で暮らし始めた。一緒に暮らすようになってすぐに婚姻届を出し、ふたりは正式な夫婦になった。

父は警備員や交通誘導員、ピザの宅配などのアルバイトで家計を支えようとした。母は妊婦だったが、近所のスーパーマーケットでパートタイムの従業員として働いた。

ふたりの暮らしは貧しいものだったが、その頃の母は幸せを感じていた。

けれど、母が幸せでいられたのは、ほんの短いあいだだけだった。すぐに夫による暴力が始まったのだ。

『お前のせいで、俺の人生はメチャクチャになった』

暴力を振るいながら、父はいつもそんな言葉を口にしたのだという。

その暴力から逃れるために、僕を孕《みごも》っていたにもかかわらず、母は父から逃げ出した。

離婚届は出していないはずだが、父の元を去ってからの母は旧姓の柏葉を名乗っていた。

7.

凄まじい夕立が続いている。雷鳴も響き続けている。

パソコンで母の写真を眺めていると、机の上でスマートフォンが鳴り始めた。李子さんからの電話だった。

反射的に笑みを浮かべて、その電話に出る。

「もしもし、李子さん。お疲れ様」

『ついさっきみんなを帰らせたから、わたしもこれから事務所を出るね』

耳に押し当てたスマートフォンから李子さんの声が聞こえ、僕はまた微笑む。首都高速三号線が渋滞していなければ、渋谷にある李子さんの事務所からここまでは三十分とはかからなかった。ここは東名《とうめい》高速道路の『横浜・青葉料金所』のすぐ近くなのだ。

「うん。待ってる。運転に気をつけてね」

『そうだ。何か買っていくものはない？　あったら、スーパーに寄っていくよ』

李子さんが訊《き》く。彼女は事務所の帰りにしばしばスーパーマーケットに立ち寄り、足らない食材や調味料などを買ってきてくれた。

「そうだね。もし、面倒じゃなかったら、太めのパスタとバルサミコ酢と、それから、ええっと……グリーンオリーブと……それと、オイルサーディンを買ってきてもらえると助かるな。あっ、そうだ。太いホワイトアスパラの缶詰も買ってもらえるかな？」

考えながら僕は言う。

『たくさんあるのね。ちょっと待って。忘れちゃいそうだから、メモしておく』

李子さんがそう言った時、スマートフォンからドアベルの鳴る音が聞こえた。

「誰か来たみたいだね」

『こんな時間に誰だろう？　シュン、ちょっと、このまま待っていてくれる？』

そう言うと、李子さんがスマートフォンをどこかに置いた。

コツコツという靴音が聞こえた。事務所にいる時にも李子さんはいつも、とても踵《かかと》の高いクリスチャン・ルブタンのパンプスやサンダルを履いているらしかった。

すぐにドアの開けられる音がし、また李子さんの声が聞こえた。

『オザワさんでしたか？ きょうの営業は終了いたしました。申し訳ありませんが、出直してください。できればアポイントを取ってからいらしてください』

李子さんの口調はかなり強いものだった。

『ハルナはどこにいる？ どこに隠したんだ？』

怒鳴っているかのような男の声がした。

『それは申し上げられません。お引き取りください』

李子さんがさらに強い口調で男に言った。

『お教えするわけにはいきません。俺はすぐに帰る。どこにいるんだ？ 教えろ』

『教えてくれるまで帰らない。中に入れてもらうぞ』

高圧的に男が言った。どうやら、男は李子さんを力ずくで押し退け、事務所の中に入って来たようだった。

『何をなさるんです？ これは不法侵入です。ただちに、お引き取りくださいっ！』

叫ぶかのように李子さんが言い、僕は耳に押し当てたスマートフォンを握り締めた。

壁の時計に目をやると、その針は午後八時をまわっていた。

8.

李子さんは事務所での出来事を、僕にはほとんど話さなかった。だが、最近は小澤という男についての話を何度か聞かせてくれた。

夫の暴力に耐えられずに李子さんの事務所を訪ねてきた小澤の妻を、ほかの女たちと同じように李子さんは保護し、夫の知らないどこかに匿《かくま》っていた。だが最近、妻を匿っているのが李子さんだということを小澤が調べあげ、妻に会わせろと言って事務所に何度も押しかけてくるのだという。

もちろん、李子さんが妻の居所を教えるはずはない。だが、男が押しかけてくるたびに、李子さんもほかの職員たちもかなりの恐怖を感じるということだった。

高校時代はラグビーをしていたという小澤は、現在は肉体労働に従事していて、真っ黒に日焼けしていて、とても大柄で太っているらしい。年齢は三十代の後半で、声が大きくて、威圧的なのだという。

今、李子さんの事務所に押し掛けてきているのは、その小澤という男に違いなかった。

李子さんと小澤の押し問答が続いている。小澤は李子さんの言葉も聞かず、大声で怒鳴り続けている。その声がはっきりと聞こえるにもかかわらず、僕にはできることが何ひとつない。

『帰らないなら、警察に通報します』

強い口調で李子さんが言う。またコツコツというパンプスの音がする。きっと電話に向かったのだろう。

『できるものならやってみろっ！』

小澤が叫び、李子さんが『何をするんですっ！　手を離してくださいっ！』と叫ぶように言った。

激しく争うような音がした。『このアマっ！　いい気になるなっ！』という小澤の怒鳴り声がし、その直後に、肉が打ち据えられるような鋭い音と、李子さんの悲鳴がほぼ同時に聞こえた。

『何をするんですっ！　これは犯罪ですっ！　暴力はやめてくださいっ！』

『ハルナはどこにいるんだっ！　言えっ！　言えっ！』

『言えませんっ！』

『そうか……だったら、言えるようにしてやるっ！』

小澤がさらに大声で怒鳴り、布が引き裂かれる音が何度かした。頰を叩《たた》かれているような音も何度も聞こえ、そのたびに李子さんの『あっ』とか、『ひっ』とか、『いやっ』という声が耳に飛び込んできた。

『やめてくださいっ！』

『ハルナの居所さえ言えば、やめてやるよっ！』

男が怒鳴った。

男はさらに暴力を続けているようで、李子さんの悲鳴が続け様に聞こえた。

こうしているわけにはいかなかった。僕はスマートフォンを耳に押し当てたまま、財布をポケットに押し込み、玄関にあった傘をさし、ビーチサンダルを突っかけて外に飛び出した。

外では今も横殴りの激しい雨が降り続いている。断続的に雷鳴も轟《とどろ》いている。

大通りまで走って行くと、僕は車道に飛び出すようにしてタクシーを止めた。

運転手は中年の女性だった。ずぶ濡《ぬ》れになって後部座席に乗り込んだ僕は、その運転手に急いで渋谷に向かってほしいと告げた。


車で五分ほどのところに、『横浜・青葉料金所』があった。タクシーはそこから東名高速道路に乗り、凄《すさ》まじい雨が降り続く中を渋谷へと向かった。

高速で動くワイパーが、フロントガラスに叩きつける雨粒を絶え間なく払い除《の》けていた。けれど、その直後に新たな雨粒が打ちつけるため、視界が鮮明になるのはほんの一瞬だけだった。道路は完全に水浸しになっていて、まるで川の中を走っているかのようだった。ルーフにぶつかる雨音が、狭い車内に太鼓のように響き続けていた。

タクシーの後部座席でも、僕はスマートフォンをずっと耳に押しつけていた。そのスマートフォンからは、李子さんの『いやっ！』『やめてっ！』『いやーっ！』などという叫びが断続的に聞こえた。『ハルナはどこだ？　どこにいるんだっ！』という男の怒鳴り声も聞こえたし、李子さんが頬を張られているらしき音もした。

僕は拳《こぶし》を握り締めた。李子さんは男の手で衣類を剝《は》ぎ取られ、床に押さえ込まれているのかもしれなかった。

警察に通報することも考えた。だが、僕がしたのは、中年の女性運転手に何度も「急いでください」と言うことだけだった。李子さんのスマートフォンに通じている電話を切りたくなかったのだ。

9.

渋谷へと向かうタクシーの中で、急に母のことを思い出した。

僕が十歳ぐらいだった時、水商売をしていた母はある男と暮らし始めた。同じ店でバーテンダーとして働いている男だった。

背の高い美男子だったが、男の名前は、もう忘れてしまった。母が男を何と呼んでいたのかも覚えていない。

最初のうち、母と男は仲良くやっていた。男は僕にも優しかったから、僕はその男のことを好きになれるかもしれないと感じていた。

だが、その男もやがて、母に暴力を振るい始めた。男の暴力は日に日にエスカレートしていった。母がどれほど謝っても男は許さず、いつもとても長いあいだ無力な母を痛めつけた。水商売をしている母にとって、顔は商売道具だったから、男は顔以外の場所を殴ったり、蹴飛《けと》ばしたり、肘打《ひじう》ちをしたり、膝蹴《ひざげ》りを食らわせたりした。

最初の頃、僕は何度か男の暴力をやめさせようとした。だが、そのたびに、男にしたたかに殴られ、突き飛ばされ、蹴飛ばされた。床に叩きつけられて気を失ってしまったこともあった。

それからの僕はいつも隣の部屋で、うろうろと歩きまわりながら泣き叫ぶ母の声を聞いていた。

男は暴力のあとではいつも、ぐったりとなっている母の衣類を剝ぎ取って荒々しく犯した。嫌というほど叩きのめされた母にできたのは、涙を流しながら、か細い悲鳴をあげることだけだった。

僕には何もできなくなった。そのことに対して、今も強い罪悪感を抱いている。

半年ほどで、母は男と別れた。男が消えて僕はホッとしたが、母はすぐに別の男と暮らし始めた。

その男も最初のうちは優しかった。けれど、すぐにまた暴力を振るい始めた。そう。誰と暮らそうと、同じことの繰り返しだった。

タクシーがようやく李子さんの事務所のあるビルに到着した時には、小澤が押し入ってきてから三十分近くが経過していた。

その時にはすでに、僕が最も恐れていたことが起きているようだった。そう。激しい暴行を受けたことによって抵抗する力を失った李子さんを、小澤がついに犯し始めたのだ。

さっきまでの凄まじい雨は、タクシーが多摩川《たまがわ》を渡っている時に急にやんで、渋谷の空には細長い形をした月が浮かんでいた。それは聖書に出てくるノアの方舟《はこぶね》みたいにも見えた。

釣り銭を断ってタクシーを降りた僕は、建物に駆け込み、エレベーターで李子さんの事務所がある六階へと向かった。忘れ物を届けるために、そこには何度か行ったことがあった。

事務所のドアはロックされていた。きっと小澤が施錠したのだろう。財布に入っていたルームキーでそのロックを解除すると、僕はドアを勢いよく開けた。

目の前の光景は、予想した通りのものだった。着ているものをすべて毟《むし》り取られた李子さんが、リノリウムの床の上で小澤に犯されていたのだ。

押さえ込まれている李子さんの周りには、引き裂かれたショーツやブラジャーやパンティストッキング、ブラウスやスカートが散乱している。すぐそばには踵《かかと》の高いクリスチャン・ルブタンのパンプスも転がっている。

全裸の李子さんは目を閉じ、二本の脚を左右に広げた恰好《かっこう》をさせられていた。引き締まった両腕を床に投げ出し、ぐったりとなっていて、もう悲鳴も上げていなかった。

小澤はそんな李子さんに大きな体を重ね合わせ、両手で李子さんの髪を鷲摑《わしづか》みにし、黒い剛毛に覆われた剝《む》き出しの尻《しり》を激しく打ち振っていた。

そんなにも荒々しく犯されているというのに、李子さんはまったく反応していなかった。

ドアが開けられた瞬間、小澤が背後の僕を振り向いた。たっぷりと肉のついたその顔は、噴き出した汗にまみれていた。

「何だ、お前っ！　誰なんだっ！」

李子さんに体を重ね合わせたままの大男が、戸口に立った僕を見つめて怒鳴った。小澤は眉《まゆ》が濃く、色黒で、ぎょろりとした目をしていて、鼻の下に髭《ひげ》を生やしていた。下半身は裸だったが、上半身には白い半袖《はんそで》のポロシャツを身につけていた。大柄でかなり肉づきがよかった。

李子さんのほうは、床に横たわったままで、目を開くことさえなかった。

小澤はすぐに李子さんから離れて立ち上がり、真っすぐ僕に歩み寄ってきた。その股《こ》間《かん》で体液に濡れた巨大な男性器が、メトロノームのように左右に揺れていた。

「誰だか知らないが、お前も一緒に犯してやるっ！」

僕と向き合うように立った小澤が怒鳴った。僕を女だと思っているようだった。

小澤がその太い腕を僕に向かって伸ばした瞬間、僕は反射的に右の拳を握り締め、その手を前方に強く突き出した。人を殴るのは、それが初めてだった。

不意を突かれた小澤は、僕の繰り出したパンチを左目でまともに受け、「うっ」と呻《うめ》いてのけぞり、脚をもつれさせながら何歩か後退《あとず》さった。

喧嘩《けんか》の経験はなかった。だが、こうなったからには闘う以外に方法はなかった。僕は顔を押さえている小澤に歩み寄り、今度は右拳を振りまわすようにして小澤の左のこめかみを強く殴りつけた。

その一撃で小澤は再び低く呻いて後退さり、跪《ひざまず》くようにその場に蹲《うずくま》った。

その隙に、僕は床に横たわったままの李子さんに歩み寄った。殺されてしまったのではないかと思ったのだ。

「李子さん、李子さん」

そう呼びかけながら、李子さんの剝き出しの上半身を抱き起こそうとした。けれどその直後に、背後から襟首を鷲摑みにされ、凄まじい力で強引に立ち上がらされた。

僕は反射的に男の手を払いのけ、小澤のほうに向き直った。

その瞬間、小澤の右の拳が僕の臍《へそ》のすぐ上に深々と沈み込んだ。

背骨にまで達するような衝撃が肉体を貫き、息が止まり、目が眩《くら》んだ。僕は思わず腹部を抱え、口から胃液を滴らせながらリノリウムの床に膝《ひざ》を突いた。

「ふざけたことをしやがってっ！」

憎々しげな口調で小澤が言い、体を丸めている僕の背に肘を思い切り突き入れた。背骨が砕けたかと思うほどの衝撃と痛みが襲いかかってきた。再び息が止まり、目が眩み、全身から力が抜けた。僕は朦朧《もうろう》となり、ひんやりとした床に俯《うつぶ》せに倒れ込んで悶《もん》絶《ぜっ》した。

「このアマ、ふざけたマネをしやがってっ！　許せねえっ！」

頭上から小澤の声が聞こえた。

10.

リノリウムの床に俯せに倒れ込んでいる僕の背を、小澤が靴を履いたままの足で強く踏みつけた。その後は、僕を仰向《あおむ》けにさせ、腹の上に勢いよく、どしんと跨《またが》った。男の体重で腹部が圧迫され、口からまた胃液が溢《あふ》れ出た。

馬乗りになった小澤が右手を高く振り上げ、その手を思い切り振り下ろした。凄《すさ》まじい衝撃が顔の左側に襲いかかった。左耳が聞こえなくなり、口の中に血の味が広がり、僕はほとんど意識を失いかけた。

男は僕が身につけているタンクトップに両手をかけ、ライトブルーのそれを力任せに引き裂いた。さらには、スポーツタイプの白いブラジャーを鷲摑みにし、太い腕を振りまわすようにしてそれを無理やり毟り取った。

「ん？　胸がないぞ。お前、男か？」

僕の胸を見下ろして男が言った。「そうか。男か……だったら、けつの穴にぶち込んでやるっ！」

勝ち誇ったような口調でそう言うと、男が黒いタイトなスカートを臍の辺りまで捲《まく》り上げた。そして、ビキニショーツを両手で易々と引き裂き、小さな黒い布切れと化したそれを床に放り出した。

朦朧としている僕にできることは何ひとつなかった。

「女にしか見えないが、やっぱり男だったか」

いやらしい笑みを浮かべてそう言うと、男が僕の膝の辺りを両手で摑《つか》み、ものすごい力でそれを大きく左右に広げさせた。筋肉の浮き出た男の腕は、僕の脹脛《ふくらはぎ》よりずっと太かった。

僕はほとんど抵抗できなかった。そんな力が残っていなかったのだ。

ついさっきまで李子さんの体に挿入していた自分の性器に、男が唾液《だえき》を擦《こす》りつけた。続いて、男は僕の肛門《こうもん》にも唾液をなすりつけた。そして、男性器の先端部分を僕の肛門に当てがい、腰を突き出すようにして巨大なそれをねじ込み始めた。

そのことによって、息が止まるほどの激痛が襲いかかってきた。

「あっ……くうううっ……」

呻きながら、必死で男の下から抜け出そうとした。だが、男の怪力の前ではなすすべがなかった。

石のように硬直した性器が肛門を強引に押し開き、それを引き裂き、直腸の内側の壁を擦りながら、体の中に少しずつ、少しずつ入り始めた。

ずずずっ……ずずずっ……ずずずっ……。

直腸の奥へ、奥へと異物が進んでいくのを、僕ははっきりと感じた。

凄まじい激痛が全身を苛《さいな》んだ。けれど、僕にできたのは、食いしばった歯のあいだから、呻き声を漏らすことだけだった。

巨大な男性器がその根元まで埋没すると、男がふーっと長く息を吐き、真下にある僕の顔を満足げに見つめた。

「無理かと思ったが、どうにか入ったたな」

楽しげな顔をして男が言った。その直後に、男は僕に身を重ねたまま、荒々しく腰を振り始めた。

激痛が波のように次々と襲いかかり、意識が遠のいてしまいそうだった。だが、やはり僕にできたのは、しっかりと目を閉じ、食いしばった歯のあいだから呻き声を漏らすことだけだった。

「ああっ、いいぞ。女よりいいっ！　よく締まって、ものすごくいいぞっ！」

忙《せわ》しなく腰を打ち振りながら、男が嬉《うれ》しそうに言った。

いったい、どのくらいのあいだ、肛門を犯されていたのだろう。いつの間にか、僕の全身は噴き出した脂汗にまみれていた。

絶え間なく呻きながら、僕は男の巨体の下で悶絶を続けた。呻いてもしかたないとわかっていたが、呻かずにはいられなかった。

男がキスをしてこないかと思った。もし、口の中に舌を差し込んできたら、それを嚙《か》みちぎってやるつもりだった。けれど、男もそれはわかっているらしく、唇を重ね合わせてくることはしなかった。

やがて、男が「うっ」と小さく呻き、その動きを急に止めた。

僕は反射的に、閉じていた目を開いた。頭上にある男の顔には驚愕《きょうがく》したかのような表情が張りついていた。

一秒ほどのあいだ、男は首をもたげたままの姿勢を保っていた。その直後に、僕の上にばったりと倒れ込み、ピクリとも動かなくなった。直腸に深々と挿入されていた男性器が、急速に力を失い、空気の抜けた風船のように萎《しぼ》んでいくのがわかった。

僕に身を重ねている男の背後に、全裸の李子さんが立ち尽くしているのが見えた。李子さんの右手にはアイスピックが握られていた。

動かなくなった今も、男の体はずっしりと重たかった。その巨体を押し退けるようにして、僕は何とか男の下から這《は》い出した。直腸に深く挿入されていた性器が、肛門からずるりと抜け出るのがわかった。

上半身を起こした僕は、俯せに倒れている男を見下ろした。ポロシャツに覆われた男の背中の左側に小さな穴が開き、その周りにわずかばかりの血が滲《にじ》んでいた。

そう。李子さんがアイスピックを男の背に突き入れたのだ。

村井直樹をバーベキュー用の金串《かなぐし》で突き刺す計画を立てた時に、どこをどんな角度で刺せば正確に心臓を貫くことができるのかと、ふたりで意見を出し合いながら、僕たちは何度となく予行演習を繰り返した。あの時には僕が実行したが、今夜は李子さんがそれをしたのだ。

僕は俯せになっていた男の体を、両手で強く押して仰向けにした。そして、汗を吸い込んだポロシャツの上から、分厚い男の左の胸に耳を押し当てた。

心臓の鼓動は聞こえなかった。

11.

アイスピックを手にしたまま、李子さんは茫然《ぼうぜん》として立ち尽くしていた。

こんな時だというのに、僕はその裸体を美しいと思った。李子さんの臍では今も、大粒のダイヤモンドが強く光っていた。

「李子さん、大丈夫？」

脚をふらつかせて立ち上がりながら僕は訊《き》いた。たった今まで犯されていた肛門が、強烈な痛みを発し続けていた。

「うん……大丈夫……」

小さな声で李子さんが答えた。けれど、大丈夫でないことは一目瞭然《いちもくりようぜん》だった。凛《りん》としたあの顔はひどく腫《は》れ上がっていて、ルージュが剝《は》げ落ちた唇には血が滲んでいた。長く美しかった黒髪はボサボサになって乱れていた。

それを見ただけで、男にどれほどの暴行を受けたのかの想像がついた。ふと見ると、床には無数の白い真珠が散乱していた。それは男によって引きちぎられた、ネックレスの残骸《ざんがい》に違いなかった。

「シュン……来てくれて、ありがとう」

呟《つぶや》くかのように李子さんが言った。その目が涙で潤んでいた。

李子さんの涙を見たのは初めてだった。

李子さんの事務所には着替えの下着や衣類が常備されていた。李子さんと僕は、ほとんど何も喋《しゃべ》らずにそれらを身につけた。

李子さんが僕に差し出したのは、膝丈《ひざたけ》のタイトなグレーのスカートと、オフホワイトのサテンの半袖《はんそで》ブラウスだった。引き裂かれた肛門からは出血が続いているので、李子さんの助言に従って、僕は生理用のナプキンをつけた。僕たちの化粧はどちらもひどく乱れていたけれど、それを直すことはしなかった。

「李子さん、この人、どうしよう？」

床に仰向《あおむ》けに横たわった小澤の死体を見つめて僕は言った。頰が腫れているせいで、少し話しづらかった。肛門はいまだに強い痛みを発し続けていた。

「そのことなんだけど……庭に埋めたらどうかと思うの」

憔悴《しょうすい》し切った顔の李子さんが小さな声で言った。男に何度も張られた頰が、さっきよりさらに腫れているように見えた。

「庭って……僕たちが住んでいる、あの家の庭のこと？」

「ええ。あそこに埋めてしまえば、決して見つけられることがないと思うの」

李子さんが僕をじっと見つめ、僕は「いいかもしれないね」と言った。笑おうとしたけれど、顔が引き攣《つ》ってうまくいかなかった。

僕たちは力を合わせて、床に投げ捨てられていたズボンを男に穿《は》かせた。その時にポロシャツを捲《まく》り上げて男の背中を確認したが、そこにできた傷はとても小さくて、出血の量もそれほど多くはなかった。

その後は、引きちぎられた僕たちの衣類や下着を拾いあげ、床に散乱している白い真珠を箒《ほうき》で集め、モップで床を丁寧に拭《ふ》いた。

「これで、あしたの朝、みんなが事務所に来ても大丈夫ね」

元通りになった室内を見まわして李子さんが言った。立っているのも辛《つら》いはずなのに、李子さんはクリスチャン・ルブタンのパンプスを履いていた。

「うん。大丈夫そうだね」

「それじゃあ、この男を運び出しましょう。シュン、おんぶできる？」

「李子さんが手伝ってくれれば、たぶん、できると思う」

僕が答え、僕たちは大きくて重たい小澤の死体を、ふたりがかりで僕の背中に乗せた。測ったわけではないが、男の体重は僕の二倍、いや、それより遥《はる》かにありそうだった。

「歩けそう？」

「うん。大丈夫だと思う」

事務所を出る前に、李子さんが廊下の様子を慎重に確かめた。この建物では今も、何人もが仕事をしているはずだった。

「誰もいない。急ごう、シュン」

その李子さんの言葉に頷《うなず》いて、僕は重たい死体を背負って李子さんの事務所を出ると、エレベーターではなく階段を使って地下の駐車場へと向かった。階段を使えば、人に会う可能性はほとんどないはずだと李子さんが言ったからだ。

僕はひどく脚をふらつかせていた。男は本当に重たかったし、僕の肛門《こうもん》は相変わらず激痛を発し続けていたから、背負って階段を降りるのは容易なことではなかった。

この建物には廊下にも階段にも防犯カメラがあるらしかったし、エントランスホールや地下の駐車場にもそれらが取りつけられているようだった。

「あれに僕たちが写っているんだよね」

男を背負って階段を降りながら、頭上の防犯カメラを見つめて僕は言った。「あれを調べたら、すぐに僕たちの犯行がわかるね？」

「こんな男を探す人はどこにもいないよ。警察に捜索願を出す人もいない。だから、防犯カメラの映像をチェックする人もいない。心配いらないよ」

先に立って階段を降りている李子さんが、背後を振り向いて言った。

階段を降りているあいだずっと、誰かに出くわすのではないかと危惧《きぐ》していた。だが、幸いなことに、誰にも会うことなく地下の駐車場に到着した。

「大丈夫。ここにも誰もいない」

先にドアを開け、駐車場の様子を窺《うかが》った李子さんが背後の僕に告げた。

李子さんの車は蛍光灯の光に照らされた駐車場の片隅にあった。李子さんは去年から、白いアウディに乗っていた。

李子さんがその車のドアを開け、僕はずっしりと重たい死体を後部座席に何とか押し込んだ。

「それじゃ、シュン、行こう」

李子さんが運転席に乗り込み、僕は助手席に座って額に吹き出た汗を拭《ぬぐ》った。

助手席の足元にはテニスシューズがあって、運転をする時はいつもそうしているように、李子さんはパンプスを脱いでそれに履き替えた。

時刻は午後九時半になろうとしていた。

「シュンが来てくれるなんて、夢にも思わなかった。来てくれてありがとう。すごく嬉《うれ》しかった」

車のエンジンをかける前に、李子さんがまた礼を言った。

僕は無言で頷いた。李子さんが喜んでくれて嬉しかった。

12.

自宅に戻った時には、午後十時をまわっていた。もう雨雲はどこにも見当たらず、澄んだ夜空にたくさんの星が瞬いていた。ノアの方舟も浮かんでいた。プレハブハウスを出た時は強い風が吹き荒れていたが、その風も随分と穏やかになっていた。

コンクリートの壁に囲まれたガレージの中にアウディを停めると、シャッターが完全に閉まるのを待って、後部座席から男の死体をふたりがかりで引きずり出した。そして、さっきもしたように僕が死体を背負って庭に出ると、外からは見えない母家の脇へと向かって歩いた。

夜の住宅街は静かだった。時折、帰宅する人の靴音が聞こえるぐらいだった。いたるところから夜の虫の声がした。濡《ぬ》れた木々の葉を揺らして吹き抜ける風が心地よかった。

さっきまでの強い雨のせいで庭はかなりぬかるんでいたから、車を降りてからも李子さんはパンプスに履き替えることはしなかった。

庭の片隅まで小澤の死体を運んでいき、土の上に死体を横たえると、僕たちはプレハブハウスに戻って動きやすい衣類に着替えをした。僕はティーシャツとジーンズという恰好《かっこう》になり、ランニングシューズを履いた。

李子さんも僕のティーシャツとジーンズを身につけた。そんな恰好の李子さんを見たのは初めてだった。

「さあ、あとひと頑張りよ」

李子さんが言い、僕たちは庭の片隅の物置にあった二本のスコップを使って、横たわっている男の死体のすぐそばに穴を掘り始めた。

男の死体を埋めてしまえるほど大きな穴を掘るのは容易なことではなかった。僕はスコップを使ったことなど一度もなかったし、李子さんも同じようなものだった。それでも、僕たちは噴き出した汗にまみれて、無言で穴を掘り続けた。

力を合わせて穴を掘り続けていると、急に妙子さんの声が聞こえた。

「あなたたち、何をしているの？」

地面に投げ出されている小澤の死体と、僕たちを交互に見つめた妙子さんが、やつれた顔を引き攣らせて訊《き》いた。妙子さんはピンクのパジャマ姿だった。

「見ての通りよ」

素っ気ない口調で李子さんが答えた。

「その男の人は……誰なの？」

また妙子さんが訊いた。その声が震えていた。

「誰だっていいでしょう？　忙しいんだから、話しかけないで」

苛立《いらだ》ったように李子さんが言った。

「よくないわよ。わたしにわかるように、ちゃんと説明して」

妙子さんは譲らなかった。

「あとで話すよ。お願いだから、今は黙っていて。この男は殺されるべきだったの。それだけのことよ。お母さんは早く家に戻って。夜風は体に毒だよ」

妙子さんが今度は僕の顔を見つめた。カツラは脱ぎ捨てていたけれど、僕の顔には今も濃い化粧が施されていた。耳では大きなピアスが揺れていたし、手の爪はどれも派手なネイルシールで彩られていた。

女装をしている僕を、妙子さんが見たのは初めてに違いなかった。

辺りは薄暗かったけれど、僕たちの顔が腫《は》れているのは妙子さんにもわかったはずだった。だが、妙子さんはそれ以上のことを尋ねなかった。

李子さんと僕は再び穴を掘り始めた。そんな僕たちの様子を、妙子さんは一度も口を開くことなく見つめ続けていた。

13

小澤を埋めるための穴を掘り続けていると、急に祖父母のことが頭に浮かんだ。きっと妙子さんがすぐそばにいて、僕を見つめているからだろう。血の繋《つな》がりはないけれど、僕は妙子さんを実の祖母のように感じることがよくあった。

今も存命しているかは知らないが、多くの人たちと同じように、僕にも四人の祖父母がいた。だが、彼らと会ったことは一度もない。

母のアルバムには父の両親の写真は一枚もなかったけれど、母の両親の写真は何枚かあった。それらの写真を僕はパソコンに取り込み、今も時折、眺めている。

祖父にあたる母の父は区役所の職員だった。音楽大学を卒業したという祖母は、近所の人々に自宅でピアノを教えていて、母は彼女からピアノを習ったようだった。

祖父は男としては小柄で、額がとても広かった。母によれば、祖父は真面目で仕事熱心で、いつもにこやかで、誰にでも公平で、家族思いの人のようだった。

祖母は目鼻立ちの整った美しい人だった。どの写真でも祖母はしっかりと化粧を施し、ルージュに彩られた唇のあいだから真っ白な歯を見せて微笑んでいる。

母は祖父が三十歳、祖母が二十七歳の時の子だと聞いている。だから、生きていれば祖父は今七十歳で、祖母は六十七歳になっているはずだった。

ふたりに会ってみたいと思うこともある。けれど、祖父母のほうは、孫である僕に会いたいとは思っていないのだろう。もし彼らが健在で、今も娘である僕の母と連絡を取り合っているとしたら、孫の僕を探してもいいはずだった。

だが、今も祖父母が僕の前に現れないということは、彼らは僕と会いたいとは考えていないということに違いなかった。

どうして僕だけが……。

そう思いそうになって、慌てて頭の中を空っぽにする。

僕には李子さんがいるし、妙子さんもいる。それで充分だった。

すぐそばからこちらを見ている妙子さんにちらりと視線を送ってから、またスコップの先端を土の中に深く押し込む。雨を吸い込んで重たくなった土を、力を込めて掘り上げる。


掘り始めてから一時間ほどで、穴はかなり大きなものになった。

「このくらいでいいと思う。あとは埋めるだけね」

手を止めた李子さんが、腰を伸ばしながら言った。汗にまみれた額に、何本かの髪が張りついていた。

その言葉に僕は無言で頷《うなず》くと、穴のすぐ脇で仰向《あおむ》けに横たわっている男の巨体を、両手で押して転がすようにして穴の中に落とした。

その瞬間、そばにいた妙子さんが顔の前で両手を合わせて目を閉じた。僕も手を合わせるべきかとも思った。けれど、李子さんがそうしないので、死体に手を合わせることはしなかった。

すぐに李子さんが男の体に土をかけ始め、僕も掘り出したばかりの土をスコップで何度もすくって男の体にかけた。

埋めるのは掘るよりずっと簡単で、たちまちにして男の姿は見えなくなった。土を平らにならすと、そばにはまだかなりの量の土が山盛りになっていた。それが男の体積なのだろう。

「これで終わりね。お母さん、わたしはシュンのところで食事をしていく。だから、お母さんは先に家に戻っていて。この男の話は、時間のある時にちゃんとするよ」

妙子さんにそれだけ言うと、李子さんはスコップを地面に突き立て、長い黒髪を夜風に靡《なび》かせながらプレハブハウスの玄関へと向かっていった。

僕は妙子さんに歩み寄った。最近の妙子さんはとても弱っていたから、せめて玄関まで送って行こうと思ったのだ。

「妙子さん、家に戻りましょう」

僕は妙子さんの体を傍からそっと抱えた。

その瞬間、急に、悲しみと恐れが胸に込み上げた。夏物の薄いパジャマ越しに触れた妙子さんの体が、それほど痩《や》せていたからだ。

「ありがとう。シュンは優しいのね」

僕の腕につかまって玄関へと向かいながら、妙子さんが僕の顔を見上げた。李子さんはすでにプレハブハウスの中へと姿を消していた。

僕は妙子さんのために玄関のドアを開け、たたきに身を屈《かが》めて妙子さんがサンダルを脱ぐのを手伝った。

そうしているあいだも、引き裂かれた肛門《こうもん》の痛みは続いていた。玄関の壁の鏡に映った左の頬は、思っていたより腫れ上がって、真っ赤になっていた。

「もういいよ、シュン。あとは自分でできる。ありがとう」

妙子さんが再び礼を言い、僕は立ち上がり、「おやすみなさい」と言って玄関を出ようとした。プレハブハウスでは李子さんが待っているはずだった。

ドアを開けた僕を、妙子さんが「ねえ、シュン」と言って呼び止めた。

「何ですか?」

微笑もうとしたが、顔が腫れているためにうまく笑えなかった。

「ううん。何でもないの。あの……今夜はゆっくりおやすみ」

妙子さんが微笑み、僕はもう一度、「おやすみなさい」と言って玄関を出た。

プレハブハウスに向かう前に、男を埋めた場所に立ち寄った。また手を合わせようかとも思った。けれど、やはりそうしなかった。

そう。李子さんの言った通り、あの小澤という男は殺されるべき人間だったのだ。あれもまた、正しい殺人だったのだ。

夜空に輝く星と、ノアの方舟を見上げる。また妙子さんのことを考える。主治医は妙子さんに、長くても余命は三ヶ月ほどだろうと告げたようだった。

「シュン、何をしているの？　早く戻っておいでよ」

窓から顔を出した李子さんが言い、僕は小さく頷くとプレハブハウスに向かって歩いた。

無意識のうちに、口から「畜生」という言葉が漏れた。急に目頭が熱くなったけれど、泣きはしなかった。

第三章

1.

あれは四月に入ったばかりの頃、よく晴れた日の午後だった。

僕はめったに外に出ることがないのだが、あの日は穏やかな春の陽気に誘われるかのように家を出た。歩いて十分ほどのところを流れる恩田川《おんだがわ》沿いの遊歩道を散歩してみようと思い立ったのだ。

あの日は女装をせず、アクセサリーも身につけず、カツラも被《かぶ》っていなかった。日差しが強いので、李子さんのサングラスをかけていた。

天気がいいということもあって、遊歩道にはたくさんの人がいた。犬を連れた人々も少なくなかった。

ゆったりと流れる川の水面が、無数のピンク色の桜の花びらで覆われていた。そこまで行ったことはなかったが、上流は東京都町田《まちだ》市で、その川沿いにソメイヨシノがずらりと植えられているということは知っていた。

吹き抜ける風が心地よかった。僕はジーンズのポケットに両手を突っ込み、花びらの流れる川を覗《のぞ》き込むようにして歩き続けた。

歩いていると、雛《ひな》たちを連れたカルガモに何度も遭遇した。そういう場所には人々が群がっていて、みんなが嬉《うれ》しそうに雛たちを覗き込んでいた。写真を撮っている人も少なくなかった。

まだ小さな雛たちは、母ガモの背後にぴったりとくっついて泳いでいた。けれど、少し大きくなった仔《こ》ガモたちは、母親から少し離れたところで水底に生えているらしい苔《こけ》か藻を夢中で食べていた。

雛たちはみんな、母ガモに守られているように見えた。そして、雛たちはみんな、自分たちが守られていることを知っているように感じられた。

僕にはそれが少し羨《うらや》ましかった。

さらに歩いていくと、何らかの理由で親ガモからはぐれてしまったらしい雛がいた。その雛は一匹だけで、しきりと辺りを見まわし、何となく不安そうな様子をしているように感じられた。きっと母ガモやきょうだいたちの姿を探していたのだろう。

「親からはぐれたんじゃ、生き延びられないだろうな」

その雛を見下ろしていた老人が、妻らしき老女に言うのが聞こえた。

そして僕は、その雛に自分を重ね合わせた。

その翌日、僕はまた遊歩道に行き、親ガモやきょうだいたちからはぐれてしまった雛を探した。

見つけられないかもしれないと思っていた。きのうのうちに死んでしまったかもしれないとも考えていた。辺りにはカラスや蛇など、雛の天敵になりそうな生き物がたくさんいたから。

だが、あの雛はいた。前の日と同じところにいた。

前日と同じように、雛はたった一匹だったけれど、不安げだった前日とは違い、水の中に頭を突っ込み、そこに生えている苔や藻を一生懸命に食べていた。

その健気《けなげ》な姿を見たら、思わず涙ぐみそうになった。

その翌日も、そのまた翌日も、その雛を探しに行った。

いや、探す必要などなかった。親やきょうだいたちからはぐれた雛は、いつも同じところにいた。いつもたった一匹で、苔や藻を食べ続けていた。

そう。雛は必死で生きようとしていた。生き延びようとしていた。

その後も毎日、必ずその場所に行った。その雛は毎日、必ず、そこにいた。少しでも早く大人になろうとするかのように、苔や藻を夢中で食べ続けていた。

雛は少しずつ、少しずつ、大きくなっていった。羽も立派になっていき、大人のカルガモの体にどんどん近づいていった。

さらに僕は半月以上にわたって、その雛を見に行った。そして、ある日、その雛が羽ばたき、ついに空に舞い上がる瞬間を目撃した。

僕には妙子さんと李子さんがいた。だから、生き延びることができた。

だが、その雛はいつもたったひとりだった。それにもかかわらず生き延びたのだ。

あれから三ヶ月ほどがすぎた今でも、僕はしばしばあの雛を思い出す。

2.

小澤の死体を埋めてから一週間が経ち、腫《は》れ上がっていた李子さんの顔も僕のそれもすっかり元に戻った。

李子さんによれば、アイスピックを突き刺されて死んだ男は、小澤義和《よしかず》という名前のようだった。

李子さんの事務所のビルの防犯カメラには、その小澤義和の死体を背負っている僕と、一緒にいる李子さんの映像が残っているはずだったから、いつ警察がここにやって来るかと、この一週間、不安を感じて暮らしていた。もし、あの殺人が発覚したら、ラブホテルで溺死《できし》した大平順平と、電車内でバーベキュー用の金串《かなぐし》を突き刺して殺害された村井直樹も、どちらも僕たちの犯行だったと芋づる式に露見してしまうかもしれなかった。

けれど、今のところ警察は動いていないように思われた。

李子さんの言ったとおり、小澤義和という男の不在を気にしている者など、この世にひとりもいないのかもしれない。

男の死体は今も、すぐそこの土の中にあるはずだった。あれから一週間という時間が経過して、湿った土の中に埋められた死体の腐敗はいちじるしく進行し、体内で発生したガスで腹部が膨《むしば》れ上がり、土の中に暮らすたくさんの虫たちに齧《かじ》られ、食べられ、無数の細菌に蝕まれ、どろどろの汚物へと変化し続けているに違いなかった。

いなくなったことに、誰ひとり気づかない。あるいは、気づいていても、探そうとする人はどこにもいない。

小澤義和という男が、妻や李子さんや僕にしたことを思うと、今も許す気にはなれなかった。けれど、あの男が誰にも知られず土の中で朽ち果てていくことを考えると、どことなく哀れだった。

3.

時刻は今、午後十時を少しまわったところだ。僕はプレハブハウスの大きなテーブルに、李子さんと向き合って食事をしている。

料理の本と睨《にら》めっこをしながら考えた今夜のメニューは、白いんげん豆と砂肝のサラダと、ブイヨンで茹《ゆ》でたカリフラワーとブロッコリーの白胡麻《しろごま》風味のサラダ、牡蠣《かき》のベニエ、トマトと青紫蘇《あおじそ》のグリーンオリーブオイルのスパゲティ、それに豚バラ肉の煮込み料理というものだった。僕には豚バラ肉は食べられないので、自分のために少し手の込んだ鮭のムニエルを作った。

湯上がりの李子さんは、淡い緑色のキルティングの薄手のガウン姿だ。ガウンの合わせ目から、くっきりと浮き上がった鎖骨が覗いている。

僕のほうはピッタリとした長袖《ながそで》の白いティーシャツに、黒いニットのタイトなミニスカートという恰好《かっこう》で、長い栗色のカツラを被り、入念な化粧を施し、いくつかのアクセサリーを身につけている。

テーブルの上の花瓶では、李子さんが持ってきてくれた薔薇《ばら》の花が咲いている。オフホワイトの薔薇と淡い紫色の薔薇で、そのどちらかが少し苦い香りを漂わせている。

食事を始めた時に、僕は李子さんのグラスにブルゴーニュの白ワインを注ぎ入れた。少し木樽《だる》の香りのする黄金色のワインだった。あとで豚バラ肉の煮込みをテーブルに運ぶ時には、やはりブルゴーニュの赤ワインを別のグラスに注いであげるつもりだ。

このところずっと厳しい残暑が続いていた。だが、きょうは北東から冷たい空気が流れ込んでいて、薄手のカーディガンが必要なほどに冷え込んだ。ここに来た時の李子さんも、白いサテンの半袖《はんそで》ブラウスの上に薄手のチェックのジャケットを身につけていた。

李子さんがやって来る前から、僕は胸を高鳴らせていた。今夜は小澤義和のことで、李子さんがご褒美をくれることになっていたから。

うきうきとしている僕とは対照的に、モナカは李子さんが玄関に姿を現すと同時に、部屋の片隅にある自分のベッドに駆け込んでしまった。

食事は一時間ほどで終わり、僕は李子さんの求めに応じてピアノに向かった。今夜、李子さんがリクエストしたのは、ショパンのノクターン第二番と第五番だった。

それで僕は最初に第二番を奏で、続いて第五番を弾いた。どちらも大好きな曲だったから、鍵盤《けんばん》を叩《たた》いているのは楽しかった。

僕がピアノを奏でているあいだ、李子さんはソファにもたれてスコッチウィスキーを飲みながら、組んだ脚でずっとリズムを取り続けていた。

素足になった李子さんの足の指には、今夜もとても派手なペディキュアが塗られ、キラキラと光るラインストーンが施されていた。

李子さんにリクエストされたわけではないけれど、ショパンの次に、母家でベッドに身を横たえているはずの妙子さんのことを思いながら、ベートーヴェンの『エリーゼのために』を弾いた。

「これ、母が好きな曲よね？」

弾き始めるとすぐに李子さんが言い、僕はピアノを奏で続けながら妙子さんのことを考えた。

このところ妙子さんはさらに弱ってしまって、ここ数日は、このプレハブハウスにひとりで来ることさえ簡単ではなくなっていた。大好きなお菓子作りもしていないようだった。

李子さんは妙子さんに、入院するように勧めていた。けれど、妙子さんは『病院は嫌い』と言って、自宅で静養を続けていた。

そんな妙子さんの様子を見るために、僕は朝昼夕の三回、すぐそこにある母家へと向かっている。そして、妙子さんが好きなものを作って食べてもらったり、身の周りの細々とした雑用をしたり、洗濯したり、アイロンかけをしたり、トイレや浴室や室内の掃除をしたりしていた。

きょうの夕方に行った時に、妙子さんが『シュンのピアノが聴きたいな』と遠慮がちに言った。それで僕はすっかり軽くなってしまった妙子さんを横抱きにしてこの部屋に連れて来て、ソファに座った妙子さんのためにここでピアノを奏でた。

妙子さんは穏やかな顔をして、ピアノの前に座っている僕を見つめていた。

かつてのモナカは李子さんだけでなく、妙子さんのこともあまり好きではなかった。けれど、最近、急に妙子さんに懐いたようで、僕がピアノを弾いているあいだずっと、ソファの上で妙子さんに寄り添っていた。

もしかしたら、妙子さんが間もなくいなくなってしまうことを、モナカも感じ取っているのかもしれなかった。

4.

「ねえ、シュン、ちょっと相談があるから、そこに座って」

『エリーゼのために』を弾き終えた僕にそう言うと、李子さんが自分の向かい側のソファを指差した。

その言葉に応じて、僕はタイトなスカートの裾《すそ》を軽く引っ張りながら、李子さんの向かい側のソファに姿勢良く腰を下ろした。

すぐに李子さんが笠井裕一郎の話を始めた。五年前に結婚してからずっと、自宅の地下にあるおぞましい密室で、五歳下の妻に性の奴隷としての『調教』を続けている四十歳のサラリーマンの話だ。

文具メーカーの人事部に勤めているその男については、これまでに李子さんから何度となく聞かされていた。いつだったか李子さんが、『もし万一、その時が来たら、またシュンにお願いすることになるかもしれない』と言ったことも覚えていた。

「最近、笠井の行為がエスカレートしているみたいなの」

思い詰めたような顔をして李子さんが言った。はだけたガウンの合わせ目から、濃いブルーのブラジャーのカップとストラップがチラリと見えた。

「エスカレート?」

「あの男、やりたい放題なのよ」

李子さんが顔をしかめて言った。

笠井裕一郎は自宅の地下室で、八重という名の妻を毎日のように拘束し、さまざまな器具や道具を使って徹底的に凌辱《りょうじょく》しているのだと以前から聞いていた。笠井の妻は『自分さえ我慢すれば丸く治まる』と考えて、地下の密室で夜ごとに繰り返されるおぞましい行為の数々に、歯を食いしばって耐え続けていた。けれど、その我慢もそろそろ限界に近づいているようだった。

そう。容器に滴り落ち続ける水滴が、いつかその縁から溢《あふ》れ出してしまうように、ひとりの人間が許容できる我慢には限度というものがあるのだ。

「実は見てもらいたい動画があるの。本当は誰にも見せてはならないものなんだけど……でも、シュンにだけは見てほしいの」

脚を組み直した李子さんが言った。美しくて凛《りん》としたその顔には、思い詰めたかのような表情が浮かんでいた。

「それは、あの……どんな動画なの？」

「笠井が八重さんを、何て言うか……調教している時の動画よ」

重苦しい口調で李子さんが言った。

李子さんによれば、あとで眺めて楽しむために、笠井裕一郎は妻を凌辱している時の様子をいつも撮影している。そのおぞましい動画の一部を、妻が夫のパソコンから盗み出し、『証拠品』として李子さんに提出したということだった。

「見てもいいけど、あの……僕が見たら、その女の人は嫌なんじゃないかな？」

「うん。嫌かもしれない。でも、わたしはシュンに見てもらいたいの。だって……わたしはまた、シュンと一緒にその男を殺すつもりでいるんだから」

僕の顔をじっと見つめて李子さんが言い、僕は唇を噛《か》み締めて無言で頷《うなず》いた。

5.

ほとんど見ることはなかったが、このプレハブハウスには大画面のテレビがあった。そのテレビの前に並んで座って、僕は李子さんとふたりで『証拠品』として笠井八重から提出された映像を視聴した。その映像は三脚の上に固定したビデオカメラで撮られたもので、撮影されたのは今から一ヶ月ほど前のようだった。

証拠品のＤＶＤをプレーヤーに挿入するとすぐに、大きなテレビの画面に女の姿が映し出された。四隅に手錠のようなものが取りつけられた特殊なベッドの上に、俯《うつぶ》せの姿勢で拘束されている全裸の女の映像だった。

それを目にした瞬間、僕は思わず息を呑《の》んだ。

女は長い手足をいっぱいに広げ、水面に浮かんだアメンボのような恰好を取らされている。ガリガリと言ってもいいほどに痩《や》せた女で、腕も脚もほっそりとしていて、小さな尻《しり》は骨張っていて、脇腹には肋骨《ろっこつ》の一本一本が透けている。骨張った手首とアキレス腱《けん》の浮き出た足首には太い革製のベルトが嵌《は》められ、そのベルトはピンと張り詰めた金属製の太い鎖にしっかりと繋《つな》がれている。

　その痩せこけた女が、結婚してから十キロ以上も体重が落ちてしまったという笠井八重に違いなかった。

　女が縛りつけられているベッドには、黒い合成樹脂製のシートのようなものが張られていた。ベッドの骨組みは鉄のように見えた。

　続いてテレビの画面に、やはり全裸の男が姿を現した。文具メーカーの人事部に勤務する笠井裕一郎という男のようだった。

　笠井は中肉中背だが、筋肉はあまりついておらず、体がたるんでいて、腹部が少し出ている。これと言って特徴のない平凡な容姿の男で、似顔絵にするのが難しそうな顔をしている。どこにでもいそうなその男が、極めつけのサディストだとはにわかには信じられない。

　だが、そうなのだ。その男の中には、女を痛めつけずにはいられない悪霊が棲《す》みついているのだ。

『さあ、八重。今夜はどうして欲しい？　鞭《むち》か？　蠟燭《ろうそく》か？　ヴァイブか？　それともその全部のフルコースか？』

　ベッドの脇に立った男が、俯せの姿勢で縛りつけられた妻を見下ろし、嬉《うれ》しそうに尋ねる。男の股間《こかん》では硬直した男性器が、ほとんど真上を向いてそそり立っている。

『あなた、お願い……今夜は……今夜は、これだけで許して……』

亀のように首をもたげた妻が、夫を見つめ、今にも泣きそうな顔をして哀願する。

女は目が大きく、鼻筋が通っている。きっとかつては、美しいと言われたこともあったのだろう。けれど、今は目が落ち窪《くぼ》み、目尻《めじり》や口元や額に皺《しわ》が目立ち、やつれ切ったような顔をしていて、三十五歳という年齢よりずっと老けて見えた。背中には鞭打たれた時にできたらしい傷がいくつも残っていた。

『何を言っているんだ、八重？　俺はこのためだけに、お前みたいな冴《さ》えない女と結婚したんだ。だから、今夜もせいぜい楽しませてくれ』

嬉《うれ》しそうな口調で言うと、男が手にした小瓶を傾ける。妻の尻や背中にオイルのような液体をたっぷりと滴らせ、自分の手でそれを広範囲に塗り広げていく。骨張った女の体が磨き上げられたピアノのように光り始める。

男は妻の股間にもその液体を塗り込む。はっきりとは見えないが、男は肛門《こうもん》にも指を深く押し込んでいるようだ。

『うっ……いやっ……やめてっ……』

妻が痩せた体を悶《もだ》えさせながら、両手首に繋がれた鎖を強く握り締める。首をもたげて呻《うめ》き続ける。

妻の体にオイルをまんべんなく塗り広げると、男は地下室の片隅にある金属製の棚に歩み寄る。そこに置かれていたふたつの器具を手に取り、アメンボのような姿勢で拘束されている妻のそばに立つ。

『今夜はまず、ヴァイブを使おう。新しく買った極太のヴァイブだ。どうだ、八重？嬉しいか？』

笑みを浮かべてそう言うと、男が棚から取ってきたグロテスクな器具の一本で妻の顔を撫《な》でまわす。

『ああっ、いや……お願い、許して……』

女がまた哀願する。大きな目が涙で潤み始める。

『大丈夫。すぐに気持ち良くなるさ』

笑いながら言うと、男が妻の股間に、彼女の手首より遥《はる》かに太いその器具を深々と押し込み始める。

『いやっ……あっ……くううっ……』

骨の浮き出た体を雑巾《ぞうきん》のように捩《よじ》った妻が低く呻く。四肢に繋がれた鎖がピンと張り詰める。

そのあいだも男は力ずくで、妻の中におぞましい器具を押し込み続ける。

一本目が妻の中に深く埋没すると、男がもう一本の器具を手に取り、今度はそれを妻の肛門に力ずくで挿入する。

妻が長い首をもたげて再び呻き、その首筋に太い血管が浮き上がる。

二本の器具が妻の中に収まると、男がそれぞれのスイッチを入れる。そのことによって、妻の中に埋没したグロテスクな器具が鈍いモーター音を発し始める。

『あっ……いやっ……ああっ、やめてっ……』

妻が悶えるたびにオイルで光る腕や脚に筋肉が浮き上がる。

『いい眺めだ。お前は本当にヴァイブが似合う女だな』

脚のあいだに二本の器具を突き立てている妻を見下ろし、男がまた嬉しそうな口調で言う。その股間では相変わらず、男性器が強い硬直を保ち続けている。

男が再び金属製の棚に歩み寄り、今度は赤い蠟燭とライターを手にして妻の元に戻る。ベッドの上に上がり、俯せになっている妻の顔の前に脚を広げて腰を下ろす。

『咥《くわ》えろ、八重。早くしろ』

『いやっ……もう許してっ……』

『つべこべ言わずに咥えるんだ』

片方の手で妻の髪を鷲摑《わしづか》みにした男が、いきり立った男性器を妻の唇に押しつけて命じる。涙を流しながら妻が口を開き、そこに男が性器を深々と押し込む。

男はしばらくのあいだ、妻の髪を摑んで顔を上下に打ち振らせている。唾液《だえき》に濡《ぬ》れて光る男性器が、すぼめられた妻の唇から出たり入ったりを繰り返す。

強制的なオーラルセックスを続けさせながら、男がさっきの蠟燭にライターで火を灯《とも》す。

「歯を立てるなよ。いいな？」

そう言うと、炎の揺れるそれを妻の体の上でゆっくりと傾ける。真っ赤な蠟の雫《しずく》が妻の肩甲骨のあいだに、吸い込まれていくかのように滴り落ちる。口に男性器を押し込まれた妻が身を捩り、「くううっ」というくぐもった呻きを漏らす。

その呻き声を耳にした瞬間、僕は急に母を思い出した。薄い襖《ふすま》の向こうから、よく似た母の声が聞こえてきた時のこと、を。

自らの振動で女の股間から抜け出てきた器具を、男が再び深々と押し込む。また手にした蠟燭を傾ける。今度は熱い蠟の雫が女の背中の中央に続けざまに滴り落ちる。

『むっ……むううっ……』

口を塞《ふさ》がれた女がまた苦しげな呻き声を上げ、またしても母を思い出す。

「もういいよ、李子さん。よくわかったから、もういいよ」

僕は画面から顔を背けた。とてもではないが見続けていられなかった。虐げられていた母のことも、これ以上は思い出したくなかった。

6.

その晩、李子さんは笠井裕一郎についての話をさらに続けた。

笠井の妻の八重は、二歳の娘が成人するまで耐えるつもりでいた。けれど、あの映像が撮影されたあとで、我慢が限界に達するようなことが起きた。夫があの地下室に刺青《いれずみ》師を連れてきて、力ずくでベッドに拘束した八重の背中に『和彫』と呼ばれる刺青を彫らせたからだった。

刺青師はその翌日も夫と一緒に自宅を訪れた。そして、泣き叫んで抵抗する八重をふたりがかりで地下室に連れていくと、前日と同じように無理やりベッドに俯せに縛りつけ、八重の背中に何百回となく針を打ち込んだ。その翌日も、そのまた翌日も、夫と刺青師は同じことを繰り返した。

それはまさに拷問だった。背中に針が打ち込まれるたびに激痛に苛《さいな》まれ、八重は脂汗が噴き出した体を捩って呻き声を漏らし続けた。

背を覆い尽くすような大きな刺青は、五日目にようやく完成した。そのことによって、これから永久に、八重は銭湯や温泉に行くことも、スポーツクラブに行くことも、海水浴場で水着姿になることもできなくなってしまった。

『これでお前は完全に俺のものだ。俺だけの所有物だ』

刺青師が八重の背に針を打ち込んでいる時に、夫は何度となくそんなセリフを繰り返したのだという。

「これがその証拠の写真よ。わたしの事務所で撮らせてもらったの」

李子さんが封筒から一枚の写真を取り出した。女の裸体を背後から撮影したものだった。

笠井八重の背に彫られていたのは、睡蓮《すいれん》の葉の上に直立した鮮やかな阿弥陀如来《あみだにょらい》の刺青で、首のすぐ下から尾骶骨《びていこつ》まで達する巨大なものだった。

それは完成度が高く、ゾッとするほどに妖艶《ようえん》で美しかった。だが同時に、そんなものを、彫りつけられてしまった女の胸の内を思うと、暗澹《あんたん》たる気持ちにならずにはいられなかった。

「この写真やさっきの動画は、裁判での証拠になるんじゃないの？」

李子さんから手渡された写真を見つめて僕は言った。

「証拠にはなると思うけど……シュンは裁判をするべきだと思うの？」

李子さんが挑戦的な目で僕を見つめた。

「あの……そうすれば、法律がその男を罰してくれるんじゃないかな？」

「法律っていうのは、シュンが考えているより無力なの。きっと、これは同意の上だって男は主張するわ。仮に逮捕されたとしてもすぐに出てくるはずだし、その時には復《ふく》讐《しゅう》を込めて、もっとひどいことをするに違いない。母もわたしも、そういう男たちをたくさん目にしてきたの。だいたい、こんなおぞましい写真や動画を証拠として法廷に提出するのは、女性にとって残酷なことよ」

少し口早に李子さんが言った。その顔には怒りの表情が張りついていた。

「だったら、あの……どうしたらいいんだろう？」

そう言ったが、李子さんの答えはすでにわかっていた。

「随分と考えたんだけど、やっぱり、この男も殺すしかないと思うの」

李子さんの口から出たのは、予想していた通りの言葉だった。

「殺すって……いったい、どうやって？」

「それはこれから考える。だから、その時にはまた、シュンに協力してもらいたいの」

怒った顔の李子さんが言い、僕は何も言わずに頷《うなず》いた。

大平順平をラブホテルの浴槽に沈めた時、僕はそれが正しい殺人だと信じていた。村井直樹の背に金串《かなぐし》を突き入れた時もそうだった。

けれど、時間が経つうちに、僕の中で何かが変わっていった。

7.

その晩、李子さんが自分をベッドに縛りつけて欲しいと言い出した。笠井裕一郎への怒りと憎しみとを掻《か》き立て、彼を殺す決意をさらに強くするためには、その妻が味わっている恥辱と屈辱を、自分自身のこととして体験する必要があるというのだ。

「李子さん、あの……どうしても、そうしなくちゃならないの？」

シェイドランプから送られる柔らかな光に包まれた李子さんの顔を、覗《のぞ》き込むように見つめて僕は訊《き》いた。あまりに突拍子もない提案に思われたのだ。

「笠井を殺すことが本当に正しいのかを確認するためには、そうする必要があると思うの。八重さんがされていることを、このわたしが実体験するべきだと思うの」

「でも、だからって……」

「わたしがそうして欲しいの。だから、シュン、言われた通りにして」

衣類を脱ぎながら李子さんが言った。それをすることはここに来る前から考えていたようで、李子さんはロープを持参していた。

ひどく戸惑いつつも、僕はその白いナイロン製のロープで全裸になった李子さんの骨張った右手首を強く縛った。そして、ロープの反対側をキングサイズのベッドの下に通してから、今度は左の手首を、血流が遮られるのではないかと思うほどがっちりと縛りつけた。

「これでいいの？」

「今度は脚を縛って」

両腕を左右に大きく広げた李子さんが言い、僕はもう一本のロープを手に取り、李子さんのアキレス腱《けん》の浮いた左右の足首を、手首と同じようにしっかりと拘束した。

そのことによって、全裸の李子さんは細くて長い腕と脚を、もうこれ以上は広げられないというほどに広げた『大の字』の姿勢で、ベッドに仰向《あおむ》けに磔《はりつけ》にされた。

自分から言い出したことであるにもかかわらず、僕が作業をしているあいだずっと、李子さんは悔しそうな顔をしていた。そんな顔を見るのは初めてだった。

仰向けになったことで、左右の肋骨《ろっこつ》がその形が完全にわかるほど生々しく浮きあがった。肋骨の上にある小ぶりな乳房は、今では申し訳程度の膨らみしかなくなってしまった。その真ん中に小豆色《あずき》をした乳首が、ケーキの飾りのラズベリーのようにちょこんと載っていた。

高く突き出した左右の腰骨と、わずかばかりの性毛が生えた恥骨の膨らみのあいだで、腹部がえぐれるほどに落ち窪《くぼ》んでいる。ゆっくりとした上下運動を続ける腹部の中央では、今夜も臍《へそ》に嵌《は》められた大粒のダイヤモンドが強く光っている。脚をいっぱいに広げているために、足元に立つと女性器が丸見えだった。

全裸で仰向けに縛りつけられている李子さんの姿は、あまりにも無防備で、あまりにも淫《みだ》らだった。同時に、言葉にできないほど崇高で、神々しくて、とても美しいものに見えた。

8.

もし、このまま僕がこの場を立ち去ったら、李子さんはどうするのだろう？

何の脈絡もなく、そんな考えが頭に浮かんだ。李子さんは自力ではこのロープを解くことはできないはずで、もし、僕がこの場から永久に消えたら、その恰好《かっこう》のままここで飢え死にすることになるのかもしれなかった。

「何をぐずぐずとしているの？　シュン、さっさと始めなさい」

ぼんやりとしている僕に、李子さんが目を吊《つ》り上げるようにして命じた。

「さっさとって、あの……僕は何をすればいいのかな？」

僕はひどく戸惑っていた。それにもかかわらず、ぴったりとしたビキニショーツの中では、意思とは無関係に男性器が急激な膨張を始めていた。

「そんなことは自分で考えなさい」

さらに目を吊り上げた李子さんが、また命令を下した。かなり刺々《とげとげ》しいその口調には、怒りや苛立《いらだ》ちのようなものが感じられた。

「でも、あの……」

「シュンのやりたいようにやればいいのよっ！　ぐずぐずしていないで、早く始めなさいっ！」

きつい口調で続けざまに命令されたことで、突如として、僕の中に怒りに似た感情が湧き上がった。同時に、無抵抗な李子さんをいじめてやりたいという気持ちも湧いてきた。

「わかった。それじゃあ、やりたいようにさせてもらうよ」

不貞腐《ふてくさ》れたように言うと、僕は仰向けになっている李子さんの右側、ベッドのすぐ脇に蹲《うずくま》った。そして、李子さんの右側の乳首にゆっくりと顔を近づけ、深く深呼吸をしてから、ラズベリーのようなそれを荒々しく貪《むさぼ》り吸ったり、前歯で軽く嚙《か》んだりした。同時に右手を伸ばし、わずかばかりの膨らみしかない李子さんの左側の乳房を、白い皮膚に指の跡が残るほど強く揉《も》みしだいた。指先で乳首を摘《つま》んだり、引っ張ったり、左右に強く捻《ひね》ったりもした。

李子さんの体のどこに、どんな刺激を与えれば、その華奢《きゃしゃ》な肉体がどんな反応を見せるのかということを、今では僕はよく知っていた。

李子さんの体に関しては、僕は第一人者だった。その道のオーソリティだった。

李子さんはまったく声を出さなかった。けれど、無理やり広げられた体が、その刺激のひとつひとつに敏感に反応していることはよくわかった。刺激が与えられるたびに、いっぱいに伸ばした腕の筋肉や、腿《もも》の内側の筋肉が、ひくひくと細かく震えていた。反射的に尻《しり》を浮き上がらせることもあった。

李子さんの左右の胸に、僕は舌と唇と指先を使って執拗《しつよう》に刺激を与え続けた。李子さんは歯を食いしばり、必死で声を出すまいとしているようだった。けれど、凜《りん》としたその顔が徐々に、悩ましげに歪《ゆが》んでいくのがはっきりと見て取れた。

随分と長いあいだ乳房を刺激し続けてから、大きく広げられた李子さんの脚と脚のあいだに僕は右手を伸ばした。

予想した通り、女性器とその周辺は、滴るほどの分泌液に塗《まみ》れていた。

中指が女性器の前方の突起に触れた瞬間、李子さんの口からついに、「あっ」という小さな声が漏れた。クリトリスと呼ばれるその突起が、李子さんの最大の性感帯だった。

僕は李子さんの首の下に左の腕を深く差し込み、左乳房を揉みしだきながら、右の乳首を飢えた赤ん坊のように荒々しく貪った。同時に、股間《こかん》に伸ばした右手では、膨張して硬くなった突起への刺激をさらに続けた。

分泌液でぬるぬるする突起を指先が擦《こす》り上げるたびに、李子さんは「あっ」とか「うっ」などという声を漏らした。さらには、後頭部をシーッに擦りつけ、拘束された足でシーツを蹴《け》って尻を浮き上がらせ、ほっそりとした体をアーチ状にのけ反らした。

その李子さんの姿が、僕の中に暴力的な感情を作り出した。

そう。ある瞬間から、僕は別の人間になったのだ。たとえば、笠井裕一郎のような、女性を欲望のはけ口だとしか思っていない、冷酷非道な男になったのだ。

今の今まで気がつかなかったが、この僕の中にもまた、笠井裕一郎と同じ悪魔が棲《す》んでいるらしかった。

「もうダメ……もう、やめて……シュン、もうロープを解いて……このままだと、おかしくなっちゃう」

潤んだ目をいっぱいに開いた李子さんがそう訴えた。

けれど、僕はやめなかったし、李子さんを縛りつけているロープを解くこともしなかった。

これほどまで刺激的なことを、やめられるはずがなかった。

僕はその行為をさらに続け、李子さんは縛りつけられた体を捩《よじ》ったり、捻ったり、腰を浮かせたり、後頭部をシーツに擦りつけたりして喘《あえ》ぎ悶《もだ》えた。

「あっ……ダメっ……ダメよ、シュン……あっ……うっ……あああっ……」

李子さんの口から絶え間なく声が漏れ続けた。それほど乱れている李子さんを目にするのは、今夜が初めてのことだった。

9.

やがて李子さんは、噴き出した汗にまみれた体を激しく痙攣《けいれん》させ、獣のような声を上げて性的絶頂の瞬間を迎えた。

絶頂に達した李子さんは、相変わらず、腕と脚をいっぱいに広げたまま、朦朧《もうろう》となってベッドに身を横たえていた。呼吸が乱れているせいで腹部が忙《せわ》しく上下し、そのたびに臍のダイヤモンドがキラキラと光った。

僕は身につけているものを素早く脱ぎ捨てて全裸になると、そんな李子さんに自分の体を重ね合わせた。そして、李子さんの髪を両手で鷲掴《わしづか》みにしてから、いっぱいに広げられた脚と脚のあいだに硬直した男性器を当てがい、李子さんの体の中に深々と押し込み、無我夢中で腰を打ち振って何度も子宮口を突き上げた。

四肢の自由を奪われている李子さんにできたのは、硬直した男性器が突き入れられるたびに身を捩り、抑えきれない声を漏らすことだけだった。

李子さんとの行為で、僕はいつも強い高ぶりを覚える。けれど、これほど興奮したのは初めてだった。

絶頂の瞬間に、僕は李子さんの股間から男性器を引き抜いた。そして、李子さんの髪を乱暴に掴んで顔を無理やり上げさせ、たった今まで淫らな声を漏らし続けていた口に男性器を押し込もうとした。

いつもは、そんなことを決してしない。だが今夜の僕は別人だった。今夜の僕は、横暴で独善的で自分勝手な笠井裕一郎だった。

李子さんは反射的に顔を背けようとした。けれど、僕はそれを許さず、李子さんの唇の隙間から男性器を深々と押し込み、口の中に夥《おびただ》しい量の体液を放出した。

拘束を解かれた李子さんの手首と足首には、ロープの跡が赤いアザになって残っていた。激しく身悶《みもだ》えをしたために、小さな擦り傷もできていた。

「シュン、ひどいよ……ひどいよ……」

ベッドに上半身を起こした李子さんが言った。疲れ切ったその顔には、怒りの表情が浮かんでいた。

「ごめんね、李子さん……ごめん……」

僕は罪悪感に駆られて謝罪した。射精を終えた直後に、僕はいつもの自分に戻っていた。

「どうして、こんなひどいことをしたの？　説明しなさい」

李子さんが挑むような視線を僕に向けた。

「あの……縛られて、抵抗できない李子さんを見ていたら、何ていうか……自分でも説明できない感情が湧いてきて……それで、つい……ごめんね」

僕は李子さんから視線を逸《そ》らし、顔を俯《うつむ》かせて謝罪した。

李子さんが長く息を吐き出す音が聞こえた。

「今夜だけは許してあげる」

僕は再び李子さんに視線を向けた。

その顔には、穏やかな表情が戻っていた。


たとえどれほど遅い時刻になったとしても、いつも李子さんは母家へと戻っていく。けれど、今夜は母家へは戻らず、僕の腕を枕にして、僕の体に寄り添うようにしてベッドに横たわった。

妙子さんのことが心配なのだ。

僕たちはどちらも全裸のままだった。李子さんの体は少しひんやりとしていて、そこに僕の体温がどんどん吸収されていくのが感じられた。

仕事で疲れている李子さんは、たちまちにして眠りに落ちた。そんな李子さんの寝顔を、僕はじっと見つめた。こんなふうに、誰かと寄り添って眠るのは、母がいなくなってからは初めてだった。

母が僕の前から姿を消したように、妙子さんも間もなくいなくなってしまう。そうなった時には、僕には李子さんしかいなかった。

そんなふうに考えると、李子さんのことがさらに愛《いと》おしく思われて、僕はひんやりとした李子さんの体に、自分のそれをぎゅっと強く押しつけた。

10

翌朝、僕の隣で目を覚ました李子さんは、慌ただしく衣類を身につけ、まだ裸でいる僕の頬に玄関でキスをしてから、クリスチャン・ルブタンの派手なオープントゥパンプスを履いて母家へと戻っていった。

涼しかった前日とは打って変わって、きょうは暑い一日になりそうだった。李子さんが開いた玄関のドアから、やかましいほどの蟬の声が勢いよく飛び込んできた。

李子さんが出て行くのを待ち兼ねたかのように、どこからともなくモナカが姿を現し、甘えたように鳴きながら擦り寄ってきた。

「よしよし。今、ご飯にするよ」

尻尾《しっぽ》を垂直に立てているモナカの頭を、僕は静かに撫《な》でてやった。モナカが目を細め、喉《のど》をゴロゴロと鳴らした。

皿にドライフードを入れてやると、モナカはすぐにカリカリという小気味のいい音を立てて食事を始めた。モナカが餌を食べているあいだに、僕は室内にふたつある猫のトイレのそれぞれを掃除した。

急にスマートフォンが鳴り始めたのは、ふたつ目のトイレを掃除している時で、電話は李子さんからだった。

「もしもし、どうかしたの？」

『ああっ、シュン。戻ったら、母が苦しそうにしていたの』

耳に押し当てたスマートフォンから、取り乱したような李子さんの声が聞こえた。

「苦しそうに？」

僕はスマートフォンを握り締めた。その手が不自然なほどに震え始めるのがわかった。

『うん。今、救急車を呼んだ。わたしも病院に行くつもりだけど、シュンも一緒に来て欲しいの』

李子さんが言い、僕は「今すぐそっちに行くよ」と言って電話を切った。

ついにその時が来たのかと思うと、恐ろしくて、正気を保っているのが難しかった。

救急車は五分ほどでやって来た。数人の救急隊員が妙子さんをストレッチャーに載せて救急車に運び入れた。李子さんと僕も同じ救急車に乗り込んだ。白い薄手のパジャマ姿の妙子さんは、ひどく顔色が悪いように見えた。

息苦しさを訴えている妙子さんに、隊員のひとりがすぐに酸素マスクをつけた。

「救急車だなんて、大袈裟《おおげさ》じゃない？　近所の人たちに恥ずかしいわ」

ストレッチャーに身を横たえた妙子さんが、酸素マスクに覆われた顔を歪《ゆが》めるようにして笑った。

李子さんは救急隊員に、自分は妙子さんの長女だと言い、僕のことは自分の息子だと説明した。

こんな時だというのに、それが嬉《うれ》しかった。『家族だ』と認められたように感じたのだ。

妙子さんが通院している大学病院が受け入れてくれることになり、救急車はサイレンを鳴らして走り出した。その車内で心拍数や血圧や血中の酸素濃度などの計測を続けながら、隊員がさまざまな質問を投げかけた。

その質問の多くに、妙子さんはしっかりとした口調で答えていた。

酸素の投与を受けたことで息苦しさはいくらか和らいだようで、妙子さんの顔にはいつもの穏やかな表情が戻り始めていた。そのことに僕は少しだけ安堵《あんど》したが、体の震えは治まらなかった。李子さんの顔にも強《こわ》ばった表情が張りついたままだった。

「お母さん、すぐ病院に着くから頑張ってね」

妙子さんの骨張った手を握りしめて李子さんが言った。その大学病院までは、ゆっくり歩いても十五分ほどだった。

李子さんはプレハブハウスを出た時と同じ恰好《かっこう》をしていたが、足元はテニスシューズに履き替えていた。

「李子もシュンも、そんなに心配しなくて大丈夫よ」

李子さんと僕を交互に見つめて、妙子さんがまた笑った。

「お母さん、苦しくない?」

妙子さんの手をしっかりと握ったまま、李子さんが身を乗り出すようにして尋ねた。

「だから、大丈夫だって。病院に着いたら、あんたたちはすぐに帰っていいからね。ふたりとも朝ご飯も食べていないんでしょう? わたしも処置をしてもらったら、タクシーで帰るから」

妙子さんが笑った。

いまだに震えている自分の手を強く握り合わせながら、僕は走り続ける救急車の窓からぼんやりと外に視線を向けた。

照りつける朝の太陽が、窓の外にあるすべてのものを強く照らしていた。歩道を歩く人々のほとんどが、とても暑そうな様子をしていた。女たちの多くが日傘をさしていた。半裸に近い恰好で歩いている若い女も何人かいた。

大学病院に到着した時には、妙子さんの容態は随分と落ち着いていて、入院の必要はないようにも感じられた。それでも、主治医の判断で、とりあえず入院をして様子を見ることになった。幸いなことに、上層階の個室に空きがあったので、李子さんは妙子さんをそこに入院させることにした。

「心配をさせて悪かったね」

明るくて広々とした個室のベッドに身を横たえた妙子さんが、本当に申し訳なさそうに言った。妙子さんの腕には点滴のチューブがつながれ、口には今もプラスティック製の酸素マスクがつけられていた。

「とにかく、しばらくはここで安静にしていて。そのほうが、わたしたちも安心できるから」

李子さんが言い、妙子さんが「はい、はい」と言って笑った。

ベッドのすぐ脇には大きな窓があって、そこから病院の駐車場が見下ろせた。さらに強烈になった日差しが、並んでいる車のルーフやフロントガラスを眩《まぶ》しく光らせていた。


妙子さんが帰れと繰り返すので、李子さんと僕は十時すぎに病院をあとにした。

家までは歩ける距離だったけれど、僕たちはタクシーに乗った。こんな暑さの中を歩きたくないと李子さんが言ったからだ。李子さんは自宅で身支度を整え、病院の妙子さんに必要なものを届けてから、自分のアウディで渋谷の事務所に向かうようだった。

「シュン、一緒に来てくれてありがとう。心強かったよ」

動き出したタクシーの中で李子さんが言い、僕は李子さんを見つめて頷《うなず》いた。慌てて家を出た李子さんの顔には化粧っ気がなかった。

「男の子の恰好をしているシュンを見るのは久しぶりみたいな気がする」

「そうかもね」

「男のそばにいるとゾッとするけど、不思議なことに、シュンの隣にいるのは少しも嫌じゃない。どうしてだろう？　女の子みたいに顔が綺麗《きれい》だからかなあ？」

僕の顔をまじまじと見つめて李子さんが言った。

今朝の僕は化粧をしていなかったし、カツラも被《かぶ》っていなかった。身につけていたのは、ティーシャツとジーンズだった。だから、病院のスタッフはみんな、僕を男だと思ったはずだった。

「今夜も来てくれるよね？」

僕は尋ねた。ひとりでいるのは嫌いではなかったが、今夜は李子さんのそばにいたかった。

「行ってもいい？」

「もちろんだよ。今夜も泊まっていく？」

「母もいないし、そうしようかな」

李子さんがそっと手を伸ばし、その手を僕のそれに重ね合わせた。いつものように、ほっそりとした李子さんの手は、冷たい水の中から出したばかりのように冷たかった。

11

玄関のドアを開けると、尻尾をピンと立てたモナカが駆け寄ってきた。いつものように、僕は「ただいま」と言いながら、しきりに体を擦《こす》りつけてくるモナカを撫でてやった。

モナカに出迎えられるこの瞬間が嬉しいので、僕は用事もないのに外出し、少し歩いてから戻ってくるということを、一日に何度となく繰り返していた。

間もなく三歳になるというモナカは、李子さんの事務所に相談に来ていた二十代後半の女性の飼い猫だったと聞いている。けれど、その女性は恋人だった男に首を絞められて殺されてしまった。

最初、モナカは李子さんが飼うつもりで連れ帰った。その時に、僕が飼わせて欲しいと頼んだのだ。実は以前から、犬か猫を飼ってみたいと思っていたから。

あれは、たぶん、僕が七歳か八歳の時だった。

ある秋の夕方、近所のスーパーマーケットで買い物をした帰りに、僕は自宅アパートのすぐそばの公園で一匹の仔猫《こねこ》と出会った。茶トラの仔猫で、見たことがないほど小さかった。

近寄っても、仔猫は逃げなかった。それどころか、今、モナカがしているように、そばにしゃがみ込んだ僕に体を擦りつけてきた。

そんな仔猫を僕はそっと抱き上げた。猫に触るのは、たぶん、あれが初めてだった。腕の中の仔猫は信じられないほどに軽くて、びっくりするほどにしなやかだった。それはまるで、小鳥を抱き上げたかのようだった。

抱かれた仔猫は、暴れたり、もがいたりはせず、目を細めて僕の顔を見つめた。

ほんの少し考えてから、僕はその仔猫をアパートに連れて帰った。仔猫が腹を空《す》かせているようだったので、アパートの隣にあるコンビニエンスストアに行き、そこで買った缶詰のフードを小皿に出して与えた。よほど空腹だったのか、仔猫はそれをガツガツと食べた。

満腹になった仔猫は、やがて座布団の上で丸くなって眠ってしまった。僕はそんな仔猫のすぐ脇に横になり、眠っている仔猫をいつまでも見つめていた。

これからはもう、ひとりじゃないんだ。この仔猫がいつもそばにいてくれるんだ。

そう思うと、強い喜びが込み上げた。それほどの喜びを感じたのは、もしかしたら生まれて初めてだったかもしれない。

眠っている仔猫を見つめ続けながら、僕は仔猫につける名前を考えた。

あの時、とてもいい名前を思いついたように思う。けれど、今ではもう、それがどんな名前だったのかを思い出すことはできない。

深夜に母が水商売から戻ってくるとすぐに、仔猫を飼わせて欲しいと頼んだ。

母が頷いてくれると思っていた。だが、母の口から出たのは、「絶対にダメ」という強い一言だった。

僕は必死に頼み続けた。けれど、母が顔を縦に振ることはなかった。アパートでは猫の飼育が禁止されているし、経済的にも猫を飼う余裕なんてない、というのが理由だった。

僕はなおも、母に哀願をした。すると母は「聞き分けのないことを言うんじゃない」と叫んで、僕の頬に平手打ちを浴びせた。

できることは、もう何もなかった。

その翌日、母に命じられて、僕は仔猫を抱いて、あの公園に行った。そして、僕たちが出会った場所に仔猫を置いて自宅へと向かって歩き始めた。

途中で振り向くと、仔猫は僕を見つめていた。さらに何歩か歩いて振り向いた時にも、仔猫は僕を見つめていた。

あれから長い時間がすぎた今でも、僕はしばしばあの仔猫を、強い胸の痛みとともに思い出す。特に、モナカが甘えて体を擦り寄せてきた時などには。

無事に生き延びたのだろうか？　今もどこかで、元気にしているのだろうか？

あの時、母が何と言おうと、あの仔猫を飼うべきだったのだ。どれほどぶたれても、飼うと主張するべきだったのだ。

母を憎むことはほとんどない。けれど、あの時のことを思い出すと、母に対する憎しみの感情が湧き上がってくる。

12.

その晩も李子さんがプレハブハウスにやって来た。

ドアを開けられた途端に、ソファで眠っていたモナカは慌てた様子で部屋の隅に逃げ込んでしまった。

李子さんは真っ白なサテンのブラウスに、サックスブルーの膝丈《ひざたけ》のタイトスカートという恰好《かっこう》で、いつものように、踵《かかと》の高いクリスチャン・ルブタンの黒いパンプスを履いていた。きょうはとても暑い日だったから、李子さんの体からは柑橘《かんきつ》系の香水のほかに、微《かす》かな汗のにおいがした。

李子さんが来る少し前に、僕は入浴を済ませ、入念な化粧を施し、長い栗色のカツラを被《かぶ》り、スズランの香りのするオーデコロンをつけ、黒いミニ丈のノースリーブのワンピースをまとっていた。大きなピアスのほかに、ネックレスとブレスレットとアンクレットも身につけた。

『中華がいい』という李子さんのリクエストに応じて、今夜は料理の本を見ながら麻婆《マーボー》豆腐と青椒肉絲《チンジャオロース》と、ふわりとした焼売《シューマイ》と五目炒飯《チャーハン》を作った。

　自分が食べる焼売にはひき肉の代わりにホタテの缶詰を入れた。麻婆豆腐も二種類作り、自分の分にはひき肉を使わなかった。デザートには杏仁《あんにん》豆腐を用意し、その上にクコの実を載せた。

　李子さんはワインが好きだったけれど、今夜は中華なのでスーパーマーケットに出かけて老酒《ラオチュウ》も買って来た。

「妙子さんの様子はどうだった？」

　玄関でパンプスを脱いでいる李子さんに僕は尋ねた。ここに来る前に、李子さんは妙子さんの病室を訪れていた。

「それが意外なほど元気で安心した。母が言う通り、入院の必要はなかったかもしれないわね」

　その言葉に僕は胸を撫《な》で下ろしたが、李子さんも僕も手放しで喜んでいるわけではなかった。僕もあした、妙子さんを見舞いに行くことにしていた。

「シュン、今朝は一緒に来てくれてありがとう」

　李子さんがまた礼を言った。そして、ほっそりとした両手を伸ばし、僕の体をしっかりと抱き締めてくれた。

いつものように、李子さんは食事の前に入浴をした。入浴後はガウンではなく、白い木綿のナイトドレスを身につけた。とても薄いナイトドレスで、生地の向こうに華奢《きゃしゃ》な体と、ライトグリーンのブラジャーやショーツがうっすらと透けて見えた。

いつものように、今夜も李子さんは食事を褒めてくれた。特に焼売が気に入ったようで、僕の分のホタテの焼売まで喜んで食べてくれた。

食事をしている途中で、李子さんがまた笠井裕一郎のことを話し始めた。八重という妻を性の奴隷として調教し、その背に大きな阿弥陀如来像の刺青《いれずみ》を施した、文具メーカーのサラリーマンの話だ。李子さんはすでに、妻の同意を取りつけ、その恐ろしいサディスト男を亡き者にしてしまおうと考えていた。

「どうやって殺すか……もう決めたの？」

五目炒飯から刻んだチャーシューを取り除きながら僕は尋ねた。青椒肉絲にも牛肉が入っていたから、僕は肉の部分を取り除くようにして食事を続けていた。取り除かれた肉は、李子さんがすべて食べてくれた。

「まだ決めていないけど、でも、近いうちにやるつもりよ」

キッパリとした口調で李子さんが言い、僕は黙って頷《うなず》いた。

李子さんが「今夜はそんな気分になれないの」と言うので、残念だったけれど僕は性行為を諦《あきら》めた。その代わりに、薄いナイトドレスに包まれた李子さんの骨張った体に、自分の体を押しつけるようにしてベッドに身を横たえた。

いつものように、李子さんはたちまちにして眠りに落ちた。そんな李子さんの規則正しい寝息を聞きながら、僕は暗がりに沈んだ天井をぼんやりと見つめ続けた。

ひとりでいることには、幼い頃から慣れていた。そんな僕でも、こんなふうに誰かの体温を、すぐそばに感じながら眠るのは嬉《うれ》しかった。

李子さんの寝息を聞いていると、急に親からはぐれたカルガモの雛《ひな》を思い出した。

あのカルガモは今、どこでどうしているのだろう？

13

翌日もよく晴れて、朝から気温がぐんぐんと上がっていった。スマートフォンで見た天気予報によれば、前日に続いて、最高気温は三十五度を超えるらしかった。

洗濯と掃除と、夕食の下ごしらえを済ませて家を出たのは、午後二時をまわった頃だった。屋外には暴力的なまでの熱気が満ちていて、歩き始めて五分もしないうちに僕の全身は噴き出した汗に塗《まみ》れた。

僕は白い半袖《はんそで》のティーシャツにジーンズという恰好で、化粧はしていなかったし、アクセサリーも身につけていなかった。カツラもかぶらなかったし、パンプスも履かなかった。女装は嫌いではなかったけれど、こんな恰好をすると何となく自分に戻れたような気がしてホッとした。

妙子さんが入院している大学病院には十五分ほどで到着した。病室に向かう前に、僕は病院の門の前にある花屋でシックな花ばかりを選び、その花を使って花束を作ってもらった。きょうは女装をしていないので、支払いをする時に何か言われるかと心配した。店員に手渡したのは、李子さん名義のクレジットカードだったから。だが、決済は何事もなく終わった。

若い女の店員が作ってくれた花束は、シックで、洒落《しゃれ》ていて、奥ゆかしい雰囲気なのに華やかな感じもあって、自分の部屋に飾りたくなるほど素敵だった。その大きな花束を抱えて妙子さんの病室の前に立つと、僕は「シュンです」と言いながらノックをした。すぐにドアの向こうから、「ああっ、シュン。入って」という妙子さんの明るい声が聞こえ、僕は笑みを浮かべてドアを開いた。

妙子さんはベッドの上にいた。酸素マスクは外されていて、顔色もいいように見えた。

「妙子さん、元気そうですね」

「来てくれてありがとう。嬉しい」

ベッドのリクライニングを起こしながら明るい口調で妙子さんが言い、僕は病室にあった花瓶のひとつに水を入れ、そこに買って来たばかりの花束を生け始めた。

「すごく素敵で、綺麗《きれい》なお花ね。シュンが選んでくれたの？」

「ええ。そうです」

花を生けながら僕は笑った。

「何をやらせても、シュンはセンスがいいわね。料理も上手だし、ピアノも上手《うま》いし、顔もすごく綺麗だし、もしわたしが若かったら、好きになっちゃいそう」

楽しげな口調で妙子さんが言い、僕はまた笑った。けれど、次の瞬間、急に涙が込み上げてきて、慌てて妙子さんから顔を背けた。

いくら元気に見えても、妙子さんはもうすぐにいなくなってしまうのだ。その恐ろしい瞬間は、もうすぐそこに来ているのだ。

そう考えると、両手で髪の毛を掻《か》き毟《むし》りたいような気分だった。


ベッド脇の椅子に腰掛けて、妙子さんとしばらく話した。妙子さんは早く自宅に戻りたがっていた。

「シュンのピアノが聴きたい」

「退院したら、すぐに弾いてあげます」

「モナカにも会いたい」

「そうですね。モナカもきっと、妙子さんに会いたがっていますよ」

「モナカはやっぱり、李子には慣れないの？」

「ええ。李子さんのことは、好きじゃないみたいですね」

僕はまた笑った。この部屋に来てから、絶え間なく笑みを浮かべていた。

話の途中で妙子さんが外の空気を吸いたいと言ったので、ベッドの脇の窓を少しだけ開けた。その瞬間、熱気を帯びた風とともに、街の喧騒《けんそう》と蟬の声が、静かだった病室に押し寄せるかのように飛び込んできた。

「うるさくないですか？」

「大丈夫。静かすぎると寂しいもの」

「だったら、このままにしておきますね」

そう言いながら再び椅子に腰掛けた僕に、妙子さんが急に「ごめんね、シュン」と、しんみりとした口調で言った。

「何のことですか？」

「李子のことよ」

妙子さんが僕の顔をじっと見つめた。「シュン、あなた、あの子に振りまわされっぱなしでしょう？」

「そんなことはないですよ。僕は李子さんには感謝しているんです」

「本当にそうならいいんだけど……わたしにはあの子が、シュンを利用しているようにも感じられるの」

「そんなことは、絶対にありません」

強い口調で僕が言い、妙子さんは納得できないというような顔をして頷いた。

14

妙子さんたちと暮らすようになるまで、病院に行ったことが一度もなかった。健康保険証がなかったからだ。

子供の頃の僕は頻繁に高熱を出した。時には四十度を超える熱が数日にわたって続いたこともあった。

けれど、そんな時でも僕にできたのは、氷を入れたゴム製の枕に頭を乗せて、横になっていることだけだった。

ある夜、母の不在中に、高熱にうかされていた僕は強い喉《のど》の渇きを覚えて、キッチンに水を飲みに立った。コップに水道の水を注ぎ、それを口につけた瞬間、それが幻覚だと知った。

ハッとした僕は、今度は本当に立ち上がり、キッチンへと向かった。けれど、水を飲もうとした瞬間に、またそれがただの夢だと気づいた。

あの晩、そんなことを何度も繰り返した。

妙子さんたちと暮らし始めてからは、僕が発熱すると妙子さんか李子さんが彼女たちのかかりつけ医に連れていってくれた。往診してもらったこともあった。

その女性医師は僕に戸籍がないことを知っていて、格安の料金で治療をしてくれた。

今ではもう、めったに熱を出さない。それでも、年に一度はその女性医師のクリニックに行って大掛かりな健康診断を受けている。それだけでなく、妙子さんや李子さんと同じ歯科医院で、定期的にオーラルケアをしてもらい、ホワイトニングもしている。

15.

妙子さんが眠たくなったと言うので窓を閉め、自宅に戻ろうとした。そんな僕を妙子さんが「もう少しだけ、ここにいて」と言って引き止めた。

「僕がいたら、ゆっくり眠れないでしょう？」

「そんなことない。わたしが眠っているあいだ、そばにいて欲しいの」

遠慮がちに妙子さんが言った。

その言葉に、少し驚いた。妙子さんはそんな気弱なことを言う人ではなかったから。

「お安い御用ですよ」

「忙しいのにごめんね」

「僕には忙しい時なんてありませんよ」

また笑いながら僕は言った。

「シュン、嫌じゃなかったら、手を握っていてくれる？」

またしても遠慮がちに妙子さんが言った。

その言葉に、僕はまた驚いた。それでも、「それもお安い御用ですよ」と言うと、掛け布団の上にあった妙子さんの手をしっかりと握った。娘の李子さんと同じように、妙子さんの手もひんやりとしていた。

病気になってからの妙子さんはどんどんと痩《や》せていって、今ではその手は骨と皮ばかりという感じになっていた。それが悲しかったし、恐ろしくも感じられた。

手を握られたまま、すぐに妙子さんは眠りに落ちた。僕は自分のバッグの中からKindleを取り出して、それを妙子さんの掛け布団の上にそっと載せた。そして、ひんやりとした妙子さんの手を握ったまま、ライブラリからすでに何度も読み返したヘミングウェイの『日はまた昇る』を選んで読み始めた。

妙子さんと初めて会ったのは、今から七年前、十二歳の時だった。

その十日ほど前から、母が自宅に戻って来なくなった。母からの連絡がないので、翌日の午後、僕は母の携帯に電話を入れた。けれど、その電話は通じなくなっていた。続いて僕は、母が勤務している夜の店にも電話をした。電話に出た経営者だという女性は、母は何日か前に給料の前借りをして、その次の日から店に来なくなったのだと僕に言った。彼女も母に電話をしたようだったが、その電話はやはり通じなくなっているということだった。

僕は途方に暮れながらも、自宅にあった現金を使ってスーパーマーケットで買い物をし、ひとりで食事を作って食べた。その翌日も、翌日も、そのまた翌日も同じようにすごした。

不安は日を追うごとに募っていったけれど、それまでと同じように洗濯もしたし、室内やトイレや浴室の掃除もちゃんとした。

けれど、一週間ほどで現金がなくなってしまい、やがて米櫃《こめびつ》が空になり、パスタ類もなくなり、冷蔵庫の中の食材も底をついてしまった。

それからの僕は、ケチャップやバターやマヨネーズを舐《な》めたり、梅干しや塩昆布や紅《べに》生姜《しょうが》を食べたりして空腹に耐えた。

その頃には、母がどういうつもりなのかを、僕もはっきりと理解していた。

そう。母は僕を捨てたのだ。ここに戻って来ることは二度とないのだ。

このまま、ここで飢えて死ぬのだろうか？

一日に何度となく、そんなことを思った。もし、母ギツネが猟師に撃たれて死んだなら、巣にいる仔狐《こぎつね》たちも飢えて死ぬんだろうな、とも考えた。

母との連絡が急に途絶えたことに不安を覚えた妙子さんが、アパートを訪ねて来たのはそんなある日のことだった。

女性のための弁護士をしているという妙子さんは、優しそうだったし、しっかりした人のように見えた。

その妙子さんに僕は、母が十日ほど前から帰って来ないのだと訴えた。

それを聞いた妙子さんがひどく驚いた顔をした。そして、冷たい両手で僕の手をしっかりと握り、「もう大丈夫よ、シュンくん」と、とても優しい口調で言った。

そう。たった今、僕が握っているこの手で、あの日、妙子さんは僕の手を握り締めてくれたのだ。

「もう心配することは何もないよ。このわたしにすべて任せて」

強く手を握ったまま、妙子さんが僕の目を真っすぐに見つめた。

その言葉を耳にした瞬間、僕は思わず涙を流してしまった。


その後の僕は妙子さんの自宅で、李子さんと三人で暮らすようになった。

親からはぐれたカルガモの雛《ひな》のようだった僕に……いや、野良《のら》の仔猫のようだった僕に、妙子さんも李子さんもとても優しく接してくれた。彼女たちがいなければ、僕は今も野良猫のままだったに違いなかった。いや、もしかしたら、あのアパートの一室で、たったひとりで餓死していたかもしれなかった。

だからこそ、自分を助けてくれた妙子さんの力になりたかった。

けれど、今の妙子さんに僕ができることは、こうして手を握ってあげることぐらいしかなかった。

さっき妙子さんが僕の顔を綺麗《きれい》だと口にした。

確かにそうなのかもしれないが、もし、醜かったとしたら、どうなっていたのだろう？

僕が醜い少年だったとしても、妙子さんと李子さんは迎え入れてくれたのだろうか？

母は僕を捨てた。父とは会ったこともない。だが、この容姿はふたりの遺伝子を受け継いだものなのだ。

だとしたら、ふたりに感謝すべきなのだろうか？

16.

妙子さんは一時間足らずで目を覚ました。

「ありがとう。シュンのおかげで、すごく安心して眠れた。こんなにぐっすりと眠ったのは、本当に久しぶりよ」

妙子さんが片手で口を押さえてあくびをして笑った。

「それならよかった。僕にも役に立つことがあるんですね」

「引き止めてごめんね。もう帰っていいわ」

「それじゃあ、そろそろ帰ります。あしたも来ます」

「そうしてくれたら、すごく嬉《うれ》しいわ」

「妙子さん、お大事になさってください」

そう言って病室を出ようとした僕を、妙子さんが「シュン」と言って呼び止めた。

「美しすぎるっていうのは、罪なことなのかもしれないわね」

僕の顔をまじまじと見つめて妙子さんが言った。

「何のことですか？」

「ううん。何でもないの。あしたも来てね」

顔を歪《ゆが》めるようにして妙子さんが笑い、僕は「はい」と答えて病室をあとにした。


病院を出て頭上に視線を向けると、西の空に夕焼けが広がっていた。東の空には月が昇り始めていた。いまだに気温は高かったが、吹き抜ける風は心地よかった。

帰り道でスーパーマーケットに立ち寄った。さっき電話で李子さんが、今夜は和食にして欲しいと言ったので、何種類かの刺身や、冷奴《ひややっこ》にする豆腐や、グリルするための魚や、お浸しにする野菜などを買うつもりだった。

脂っこいものが苦手な僕は、ひとりの時には和食ばかり食べていた。和食には日本のワインが合うと李子さんが言っていたので、山梨県の白ワインも買い物カゴに入れた。

食材はたいてい宅配便で届けてもらっていたから、たくさんの買い物客と一緒に、こうして買い物をするのは少し新鮮に感じられて楽しかった。

それでも、心からウキウキするという気持ちにはなれなかった。さっきの電話で李子さんが、『殺し方を決めた』と言っていたから。

笠井裕一郎の生の時間は、あしたの夜で終わらされてしまうようだった。

その夜も、李子さんと僕は大きなテーブルに向き合って食事をした。その時に、李子さんが男の殺害方法を説明した。

その方法は、僕にはとても残忍なものに思われた。けれど、自宅の地下室で毎日のようにサディスティックな調教を受け、背中に大きな阿弥陀如来の刺青《いれずみ》まで彫られた妻は、そんな残酷な方法で殺すことを強く望んでいるということだった。

「本当に、その女の人が決めたの？」

僕は李子さんの顔を見つめた。今夜の李子さんは、僕が買ってきた日本の白ワインを何杯も飲んで頬を赤く染めていた。

「ええ、そうよ。八重さんがわたしに提案したの。これは八重さんの復讐《ふくしゅう》なのよ」

「李子さんは、あの……それでいいと思っているの？」

「ええ。あの男には、それぐらいの罰が相応《ふさわ》しいのよ」

強い口調で李子さんが言った。

僕は黙って頷《うなず》いたけれど、何となく釈然としない気持ちがあった。

笠井裕一郎とその妻は、友人の結婚式で出会って恋に落ちたと聞いていた。ということは、かつての妻は夫を愛したこともあったはずだった。少なくとも、その男との結婚は他人に強いられたものではなく、ふたりの合意によってなされたものに違いなかった。

それなのに、かつて愛した男を、そんな残忍な方法で殺したいと望んでいる妻の気持ちが、僕にはなかなか理解しきれなかった。

その晩も李子さんは性行為をさせてくれなかった。一緒にベッドに入る前に両手で僕を抱き締め、口にキスをしてくれただけだった。

「あした、すべてがうまくいったらさせてあげるから、今夜は我慢してね」

笑みを浮かべて李子さんが言い、僕はまた黙って頷いた。

計画通りにことが進めば、あしたの今頃には、笠井裕一郎は冷たい死体になっているはずだった。

17

翌日の午後も、僕は木綿のティーシャツにジーンズという恰好《かっこう》で妙子さんの病室に向かった。家を出る前にした電話で、妙子さんがアイスクリームを食べたいと言ったので、病院のすぐ近くのコンビニエンスストアで、妙子さんが好きなアメリカのメーカーのアイスクリームをいくつか買った。

やはりとても暑い日だった。夏も終わりかけているというのに、日差しは強烈で、道行く女たちの多くが日傘をさしていた。スニーカーの靴裏を通して、太陽に焼かれた歩道の熱さがはっきりと感じられた。

「いいニュースがあるの。あしたの朝にも退院していいって言われたのよ」

病室に入ってきた僕に、満面の笑みを浮かべた妙子さんが言った。

妙子さんは顔色もよく、前日よりさらに元気そうに見えた。

「だったら、迎えにきます。タクシーで一緒に帰りましょう」

「悪いわね。でも、シュンが来てくれたら心強いな」

「妙子さんが戻ってきてくれたら、モナカも喜びます」

僕は買ったばかりのアイスクリームの蓋《ふた》を開けて、スプーンと一緒に妙子さんに差し出した。

「ありがとう、シュン。あの……よかったら、食べさせてくれない？」

妙子さんが遠慮がちに言った。

きのう、手を握って欲しいと言われた時と同じように、その言葉は僕を少し驚かせた。妙子さんはそんなことを頼むような女性ではなかったから。

それでも、驚いた顔はせず、「いいですよ」と言って、まだ固いアイスクリームをスプーンですくい、それを妙子さんの口に近づけた。

妙子さんは目を閉じ、大きく口を開けてそれを口に含んだ。定期的にオーラルケアをしている妙子さんは、僕や李子さんと同じように真っ白で美しい歯の持ち主だった。

「美味《おい》しい」

妙子さんが笑った。

すぐにまたアイスクリームをすくい、妙子さんの口に近づけた。さっきと同じように、妙子さんはそれを食べたけれど、もう一度、僕がそれを繰り返そうとすると、「ごめん、シュン。もう食べられないみたい」と言って、申し訳なさそうな顔をして笑った。

たった二口しか食べられなかったということに、僕は軽いショックを受けた。けれど、何事もなかったかのように、ティッシュペーパーで妙子さんの口を拭《ふ》いてあげた。

「シュン、あしたはピアノを聴かせてね」

「いいですよ」

「エリーゼのためにもお願いね」

嬉しそうに妙子さんが言い、僕はにっこりと微笑んだ。


明るくて清潔な病室で、一時間ほど取り止めのない話を続けた。話していたのは主に僕で、妙子さんは笑顔で頷いたり、相槌《あいづち》を打ったりしていただけだった。長く弁護士として働いてきた妙子さんは聞き上手で、話が途切れて沈黙の時間が続くようなことはほとんどなかった。

僕の帰り際に、妙子さんが思い出したかのように、「もう一口だけアイスクリームを食べさせてもらってもいい？」と言った。

それで僕は冷凍室から食べかけのアイスクリームを取り出し、さっきと同じようにそれをスプーンで妙子さんの口に運んだ。

「もう一口食べられますか?」

「それじゃあ、もう一口だけ」

妙子さんがそう答えたので、またスプーンに載せたアイスクリームを妙子さんの口に入れた。

その瞬間、急に、僕は妙子さんを両手で抱き締め、その唇に自分のそれを重ね合わせたいという衝動に駆られた。

18.

その夜、僕は帰宅した李子さんの運転する白いアウディに乗って、笠井裕一郎の自宅へと向かった。彼らの自宅は東京郊外の町田市だったから、僕たちが住んでいる横浜市青葉区からは車で十五分足らずだった。

李子さんがいるので、今夜も僕は女物の衣類を身につけ、しっかりと化粧をしていた。長い栗色のカツラもつけていた。けれど、これからすることを考えて、長袖《ながそで》のボタンダウンシャツにジーンズという動きやすい恰好をしていた。李子さんのほうも自宅で、黒い長袖のカットソーと黒いスキニーパンツに着替えていた。足元はテニスシューズだった。

「うまくいくといいね」

ハンドルを操作しながら、李子さんが呟《つぶや》くように言い、僕は李子さんの横顔を見つめて「そうだね」と返事をした。

すぐにアウディは、カーナビゲーションの指示に従って国道を逸《そ》れ、閑静な住宅街へと入っていった。笠井裕一郎の自宅はその住宅街の中にあるらしかった。

半世紀以上前に、大手電鉄会社が山を切り開いて作ったという住宅街は、とても静かで、行き交う車は少なかった。ほとんどの道が上り坂や下り坂で、歩いている人の姿はまばらだった。

少しだけ開けた車の窓から、競い合うかのように鳴く夜の虫の声が飛び込んできた。ところどころに街路灯はあったけれど、その数は多くなく、街路灯から離れたところはかなり薄暗かった。

ほとんど真上に少しだけ欠けた月が浮かんでいた。いくつかの星も見えた。昼間に比べると気温はぐっと下がっていて、半袖では少し肌寒く感じられるのではないかと思った。

国道を離れて五分ほどで、カーナビゲーションの音声が目的地に到着したと告げた。

「着いたみたいね」

李子さんが言った。彼女も笠井宅を訪れるのは初めてらしかった。

その家は白い塀に囲まれた、標準的な大きさの二階建て家屋だった。小さな鉄製の門のすぐ脇に、『笠井』という表札が掛けられていた。

「シュン、頑張ろうね」

李子さんが言った。辺りはかなり暗かったけれど、その顔が強《こわ》ばっているのがはっきりとわかった。李子さんの顔にも入念な化粧が施されていた。

僕は無意識のうちに唇を舐《な》めた。これから目にするはずの光景を想像して、掌《てのひら》をひどく汗ばませていた。

ガレージは彼らの家の裏手にあり、そこに黒っぽい乗用車が停められていた。李子さんはその車のすぐ脇にアウディを停め、バッグから取り出したスマートフォンで笠井裕一郎の妻の八重にLINEのメッセージを送った。

笠井夫妻には二歳の娘がいると聞いていた。その娘は今夜、友人に預かってもらっているようだった。

すぐに笠井八重からの返信が来た。それを一瞥《いちべつ》した李子さんが、「行こう、シュン」と言った。

僕は無言で頷《うなず》くと、車から降りた。脚がひどく震えていた。

19.

玄関のドアは施錠されていなかった。そのドアを開けると、李子さんが家の中に向かって「来たわよ、八重さん」と声をかけた。

すぐに、顔をひどく強ばらせた女が玄関に姿を現した。あの『証拠品』のビデオ映像で、四隅に手錠がついた特殊なベッドに全裸で拘束されていた痩《や》せた女だった。

女は黒い長袖のティーシャツに、黒いジーンズという恰好《かっこう》をしていた。顔立ちは整っていたが、目が落ち窪《くぼ》んでいて、ひどく疲れたような顔をしていた。李子さんより五つ下の三十五歳だというが、その年齢よりもずっと老けて見えた。

「旦那《だんな》はどこ？」

家の奥に視線を向けた李子さんが女に尋ねた。

「あの……その人は誰なんですか？」

僕が来ることを知らされていなかったらしい女が訊《き》いた。

「わたしの相棒みたいなものよ。女の子みたいに見えるけど男の子なの。とても信頼できる子だから安心して。それで、旦那はどこ？」

口早に李子さんが言った。

「リビングのソファです」

顔を強ばらせたままの女が、室内を指差して答えた。

「行こう、シュン」

そう言うと、李子さんがテニスシューズを脱いで室内に入り、僕も李子さんの背を追うようにして笠井宅に足を踏み入れた。

玄関の先にはテラコッタ製のタイルが敷き詰められた真っすぐな廊下があり、玄関を入ってすぐの右側には二階へと続く階段があった。廊下の左側にはガラスが嵌《は》まった観音開きの大きな扉があり、その向こうがリビングダイニングルームのように見えた。外から見たのとは違い、家の中は広々としていて、かなり洒落《しゃれ》た作りになっていた。

二十畳以上はありそうなリビングダイニングルームにもテラコッタ製のタイルが敷かれ、そこに大きなテーブルのセットと、洒落たソファのセットが置かれていた。

ゆったりとしたそのソファに、白いポロシャツにベージュのズボンという恰好の中肉中背の男が目を閉じて座っていた。その男が笠井裕一郎に違いなかった。

計画通り、男は夕食に混入された強力な睡眠導入剤によって、深い眠りに落ちているようだった。

すぐに李子さんが男に歩み寄り、ポロシャツに包まれた肩を軽く揺すった。

男は微《かす》かに身動きしたが、目を覚ましはしなかった。

「シュン、この男を地下室に運ぶよ」

李子さんが言った。その言葉に従って、僕はソファの男に歩み寄った。

部屋の片隅には洒落た飾り棚があって、そこにフレームに納められた何枚かの写真が並べられていた。今よりずっと若く見える笠井八重が、笑顔で夫と寄り添っている写真もあったし、赤ん坊と三人で写っている写真もあった。どの写真の中でも女は微笑んでいたし、夫もまた楽しげな表情を浮かべていた。

20

背負われた瞬間に男が小さな呻《うめ》き声を立てた。けれど、やはり目を覚ますことはなかった。

意識をなくしている男を背負って、僕は足をふらつかせながら地下室へと向かう階段を降りた。男は僕よりはずっと体重がありそうだったが、李子さんがアイスピックで刺殺した小澤義和よりは遥《はる》かに軽かった。

僕の前には笠井八重がいて、背後を振り返りながら「足元に気をつけてください」などと言って地下室へと導いてくれた。

前を行く女の痩せた背には、肩甲骨がくっきりと浮き上がっていた。黒いシャツの向こうには、美しくもおぞましい阿弥陀如来像が彫り込まれているはずだった。

自分より遥かに重たい男を背負って階段を降りるのは容易なことではなく、僕の息はひどく乱れていた。室内には冷房が効いていたけれど、体はいつの間にか噴き出した汗に塗《まみ》れていた。

「シュン、大丈夫？」

背後の李子さんが尋ね、僕は「大丈夫だよ」と振り向かずに答えた。この家に入って僕が声を出したのは、それが初めてだった。女装している時には、できるだけ喋《しゃべ》らないという癖がついていたのだ。

背後の李子さんはスタンガンを構えていたから、僕は男が目を覚まさないことを願っていた。もし、男が覚醒《かくせい》したら、李子さんはそのスタンガンを使用して再び昏睡《こんすい》させるつもりのようだったが、その時には僕も失神するほどの電撃を受けることになるはずだった。

階段の下には木製のドアがあった。前を歩いていた女がそのドアを開け、壁のスイッチで地下室の明かりを灯《とも》した。

ドアが開かれた瞬間、消毒液のようなにおいが鼻に飛び込んできた。アロマオイルのようなにおいもしたし、カビみたいなにおいも感じた。尿や汗のようなにおいも微かにした。

ドアの向こうがどうなっているのかは、『証拠品』の映像を見ていたから想像がついていた。それにもかかわらず、地下の室内を目にした瞬間、僕は思わず息を呑《の》んだ。

そこに広がっていたのは、それほどグロテスクで、おぞましい空間だった。

広さが二十畳ほどありそうな地下室のほぼ中央に、四隅に手錠が取りつけられた金属製のベッドが置かれていた。『証拠品』の映像の中で、全裸の女が『大の字』の姿勢で縛りつけられていた、黒い合成樹脂製のシートが張られたベッドだった。

コンクリートが打ちっぱなしの壁には、人間を拘束するための金属製の器具がいくつも取りつけられていた。黒っぽいリノリウムの床にも、同じような器具が何個か取りつけられていた。

壁と同じようにコンクリートが剝《む》き出しの天井からは、人間を宙吊《ちゅうづ》りにするための何本ものロープや鎖が垂れ下がっていた。部屋の片隅にある棚には、女に悲鳴を上げさせるためだけに設計された器具や道具の数々が並んでいた。鞭《むち》のように見えるものもいくつかあったし、透明な液体の入ったガラス製の瓶も並べられていた。

そう。まさしくそこは拷問部屋だった。

僕は見ていないが、李子さんに提出された『証拠品』の中には、天井からブランコのように宙吊りにされた女が、股間《こかん》に二本の器具を押し込まれて、荒々しく口を犯されている映像もあったと聞いていた。

「その男をあのベッドに運んで」

背後にいた李子さんがベッドを指差した。僕は背中の男をベッドへ運び、黒い合成樹脂製のシートが張られているそこに仰向《あおむ》けに横たわらせた。

その瞬間、男が低く呻きながら目を開いた。

男はぼんやりとした様子で辺りを見まわした。自分がどこにいるのか、よくわからないようだった。

「お……お前らは……誰だ？」

舌をもつれさせてそう言うと、男が上半身を起こしかけた。

だが、その瞬間、李子さんが手にしたスタンガンを男の首筋に押しつけた。

「がっ……あがあっ……」

スタンガンが青白い火花と鋭い音を放って激しくスパークし、男の体が弾《はじ》かれたように跳ね上がった。大平順平の後ろ首にスタンガンを押し当てた時と同じ、タンパク質が焦げるにおいがした。

男は白目を剝き、何度か口をパクパクとさせた。だが、すぐに目を閉じ、ぐったりと動かなくなった。

「八重さん、旦那の両手に手錠をかけて。シュンも手伝って」

李子さんはそう言うと、自分は男の足元に向かい、右足首に手錠をかけた。僕も李子さんに倣って、男の左の足首に手錠をかけた。捲《まく》れ上がったズボンの裾《すそ》から見えた男の脛《すね》は、黒い剛毛に覆われていた。

笠井八重が夫の左右の手首に手錠をかけたことで、男は彼の妻が夜ごとにされているように、二本の腕と脚をいっぱいに広げた姿勢でベッドに拘束された。

「とりあえず、わたしたちの仕事は終わりね。八重さん、あとは好きにしていいよ」

李子さんの言葉に、女が顔を強《こわ》ばらせて頷《うなず》いた。

21.

すぐに女が部屋の片隅の棚に向かい、そこにあった大きな鋏《はさみ》を手に取った。そして、その鋏を手にしてベッドに歩み寄り、夫が身につけているポロシャツとズボンを手際よく切断し、切り裂かれた布地と化したそれを床に散乱させた。

続いて、女は夫の下半身を覆っているボクサーショーツにも鋏を入れ、千切れたそれを夫の下半身から乱暴に取り除いた。

『証拠品』の映像を見た時には気づかなかったが、笠井裕一郎はかなり毛深い男で、腋《わき》の下にも性器の周りにもぎっしりと剛毛が生えていた。筋肉があまりなく、体はたるんでいて、皮膚の下にはかなりの脂肪がついていた。ぐんにゃりとした男性器はどす黒い色をしていた。

「わたしはほとんど毎晩、ここでこんな恰好《かっこう》をさせられていたんです」

四肢をいっぱいに広げて全裸で拘束された夫を見つめた女が、李子さんに顔を向けて言った。その顔には、さっきまではなかった残忍な表情が張りついていた。

李子さんは返事をしなかった。顔を強ばらせて頷いただけだった。

その直後に、女が両手両脚をいっぱいに広げてベッドに縛りつけられている夫に歩み寄った。そして、骨張った右手を頭上に高く振り上げ、その手で夫の左の頰をしたたかに打ち据えた。

鋭い音が地下の密室に響き、男が閉じていた目をゆっくりと開いた。男は少しのあいだ、ぼんやりとしていた。だがすぐに、自分の体がどうなっているのかを理解した。

「や……八重……お前……いったい、何のつもりだ？　あ……あいつらは……誰なんだ？」

舌をもつれさせた男が首をもたげ、ひどくかすれた声で妻に言った。

「わたしがどれほど辛《つら》い思いをしてきたのかを、今夜はお前に嫌というほど味わわせてやる」

夫を見下ろしてそう答えると、女が部屋の片隅の金属製の棚に歩み寄った。その顔が鬼のような形相に変わっていた。女は棚に置かれていた鞭らしきものを手に取り、それを軽く振りまわしながら再び夫のベッドに近づいた。

女が鞭を振りまわすたびに、空気が引き裂かれる不気味な音がした。女が手にしている鞭は長さが一メートル以上もあるもので、先端部分が細くてしなやかだった。

「八重、やめろ……悪かった。お……俺が悪かった……もう、しない。あんなことは、もう二度としない。だから……だから、やめてくれ」

顔を引き攣《つ》らせた男が激しく身を悶《もだ》えさせた。だが、四肢を拘束された男にできることは、ただそれだけだった。

ベッドの足元に立つと、女が鞭を頭上に振り上げた。

「これで打たれるとどれほど痛いのか、たっぷりと思い知らせてやる」

憎しみに顔を歪《ゆが》めた女が、男を見下ろして言った。そして、振り上げた鞭を剝き出しになった夫の左の太腿《ふともも》目がけて、渾身《こんしん》の力を込めて振り下ろした。

鞭が命中した直後に、男の左太腿に三十センチほどもある一本の真っ赤な傷ができた。

そしてその瞬間、男が拘束された体をメチャクチャに捩《よじ》り、罠《わな》にかかった獣のような悲鳴をあげた。その凄《すさ》まじい声が、コンクリートに囲まれた地下の密室に響き渡った。

「あーっ！　あがーっ！　やめろっ！　やめてくれーっ！」

顔を引き攣らせた男が、目をいっぱいに見開いて訴えた。長い傷からは早くも血液が噴き出し始めていた。

だが、女がしたのは再び鞭を頭上に振り上げ、今度は右側の太腿を力任せに打ち据えることだった。

「がっ！　あがーっ！」

男が再び体を捩らせて叫びをあげた。右側の太腿にも一直線に長い傷ができ、すぐにそこから血が噴き出し始めた。

「やめてくれっ！　頼むから、やめてくれっ！」

首をもたげた男が、必死の形相で訴えた。その顔が汗で光っていた。「俺が悪かった。もうあんなことは絶対にしない。だから、八重、許してくれっ！」

返事をする代わりに、女がベッドの左側にまわった。そして、右手に握り締めた鞭を高々と振り上げ、鋭い音を立てて辺りの空気を引き裂きながら、それを男の腹部に勢いよく振り下ろした。

その瞬間、僕は顔を背けた。見ていられなかったのだ。

そんな僕の耳に、またしても男の絶叫が飛び込んできた。

「八重さん。これ以上は見ていられないから、わたしたちは車の中で待ってる」

李子さんが女に言った。李子さんは女の返事を待たずに歩き出すと、密室のドアを開けて外に出た。

もちろん、僕も李子さんに続いた。

22

家の外に出ると、いたるところから何種類もの虫の声が聞こえた。気温は来た時より明らかに下がっていて、火照った僕の体はたちまちにして冷やされていった。

李子さんと僕はガレージに停めたアウディに乗り込み、笠井八重からの連絡を待った。

ガレージには小さな明かりが灯《とも》っていたし、夜空には少し欠けた月が浮かんでいたけれど、明かりはそれだけで、車の中はかなり暗かった。

さっき李子さんが女に、『とりあえず、わたしたちの仕事は終わり』と言った。けれど、僕たちにはまだ、死体を処理するという仕事が残っていた。小澤義和を殺した時と同じように、李子さんは男の死体を自宅の庭に埋めることにしていた。

あの地下室は本当に防音性が高いようで、男の悲鳴はまったく聞こえなかった。だが、こうしている今も、あの地下室では凄惨《せいさん》な拷問が繰り広げられているに違いないのだ。

まさに今、笠井裕一郎という男が凄まじい痛みに叫び、呻《うめ》き、悶え、すぐそこに迫っている死の恐怖におののきながら、妻に許しを乞《こ》うているのだ。

それを考えると、僕の体にも恐怖に近い感情が広がっていった。

「あの人、本当に旦那《だんな》さんを殺すつもりなのかな」

フロントガラスの向こうの隣家の生垣を見つめて、僕は呟《つぶや》くように言った。

「あそこまでやったんだから、殺さないわけにはいかないよ。もし、殺さなかったら、今度は八重さんが殺されちゃうからね」

前方に顔を向けたままの李子さんが静かな口調で言い、僕は黙って唇を噛《か》み締めた。

男が妻にしたことは、確かにとても残忍で残酷なことだった。妻が殺したいと考えるのも、無理はないのかもしれない。それでも、その代償として命を奪われるというのは、少しやりすぎのような気もした。

けれど、何も言わなかった。李子さんの決定に異議を唱える権利は、僕にはないのだから。

僕は戸籍のない男だった。もし死んだとしても、死亡届の必要ない男だった。つまり僕には、権利なんて何もないのだ。

夜の住宅街は本当に静かだった。すべての窓を閉めてあるにもかかわらず、外で鳴き続ける虫の声がはっきりと聞こえた。すでに午後九時をまわっていて、歩く人の足音はごく稀《まれ》にしか聞こえなかった。

しばらくの沈黙のあとで、李子さんの横顔を見つめて僕は尋ねた。

「あの……僕はいつまで、あのプレハブにいていいの？」

その言葉に、李子さんがこちらに顔を向けた。耳元のピアスが微《かす》かに光った。

「どうして、そんなことを訊《き》くの？」

こんな暗がりの中でも、李子さんはとても綺麗《きれい》だった。

「いつまでもあそこにいたら、あの……迷惑なんじゃないかと思って」

ずっと前から思っていたことを僕は口にした。

僕は一円の金も稼げない人間だった。今だけではなく、きっとこれからもそうなのだ。

そんな人間を養い続けるというのは、李子さんにとっては負担のはずだった。

「迷惑だなんて、母もわたしも、そんなことを思ったことは一度もないよ」

少し口早に李子さんが否定した。

「だけど、実際に僕は……」

「わたしはシュンに、ずっといてほしいの。このままの時間がずっと続けばいいと思っているの。だから、わたしたちのそばにいて。これからも、ずっといて」

助手席に身を乗り出すようにして李子さんが言った。ルージュを塗り重ねた唇が光った。

「李子さんは、あの……それでいいの？」

「ええ。シュンにそばにいてほしいの」

「それは、僕が……顔の綺麗な男だから？」

僕は訊いた。

そう。僕の存在理由は、美しい熱帯魚と一緒だった。

「シュンが好きだからよ」

強い口調で李子さんが言い、僕は黙って頷《うなず》いた。

23

笠井八重から連絡が入ったのは一時間ほどがすぎた時だった。

「行くよ、シュン」

「あの人……死んだの？」

反射的に僕は、黒い樹脂製のシートが張られたベッドの上の男を思い浮かべた。

「そのようね」

李子さんが短く答えた。

笠井裕一郎は最後に見た時と同じ恰好《かっこう》でベッドの上に横たわっていた。

いや、同じではなかった。数えきれないほどたくさんの赤い傷に覆われた男の体は、正視することができないほど無残なことになっていた。

男の体の傷はすべて、あの鋭い鞭《むち》で打ち据えられたことでできたものに違いなかった。

無数の傷から噴き出した血液で、全身が真っ赤に染まっていた。傷つけられた部分が腫《は》れているために、その体はひとまわり大きくなったようにも見えた。

笠井八重はそんな男の傍に立っていた。女の足元、黒っぽいリノリウムの床の上には、ついさっきまで夫を打ち据えていたはずの鞭が転がっていた。

「確かに死んでるの？　ちゃんと確かめたの？」

李子さんが訊いた。

「ええ。確かめました。もう脈はないし、呼吸もしていません」

女が口早に答えた。噴き出した汗に塗《まみ》れた顔には、狂気と呼んでもいいような表情が張りついていた。剝《む》き出しになった女の手には、返り血のようなものが飛び散っていた。

「最後は……どうやって殺したの？」

「わたしがこの手で、首を絞めました」

骨張った両手をこちらに突き出すようにして女が答えた。

李子さんは無言で頷くと、目を閉じて横たわっている男に歩み寄り、ほっそりとしたその手で男の首筋に触れた。その後は、控えめな色のマニキュアに彩られた指先で、男の目蓋《まぶた》を開かせて眼球を覗《のぞ》き込んだ。

「確かに、死んでるみたいね」

李子さんが言い、女が嬉《うれ》しそうに笑った。その不気味な笑みを目にした瞬間、僕は背中に冷たい水を注ぎ入れられたような気がした。

僕たちは男の手足から手錠を外し、笠井八重が用意していた白い木綿のシーツで男の体を包み込んだ。男が長時間にわたって激しく暴れたために皮が擦り剝け、手首と足首も血まみれになっていた。

男をすっぽりとシーツで覆うと、三人で力を合わせて死体を階段の上まで引っ張り上げた。そして、テラコッタ製のタイルが敷かれた廊下を玄関まで引き摺《ず》っていき、誰にも見られていないことを慎重に確認してから、玄関のすぐそばに移動させたアウディの後部座席に押し込んだ。

それだけのことに十五分近くの時間を要した。その時には死体を包んだ白いシーツの外側に、いくつもの血の染みが滲《にじ》み出ていた。

死体を移動させているあいだ、女は李子さんと僕に何度も礼を言った。娘の父親を自分の手で絞め殺したというのに、女はどことなく弾んだ様子をしていた。

「沼澤先生、本当にありがとうございました。これで、わたしは自由です」

車に乗り込んだ僕たちにまたそう言うと、女が腰を折って深々と頭を下げた。

「八重さん、またあした連絡します。今夜はゆっくり休んでください」

窓の向こうの女に優しい口調で言うと、李子さんが静かに車を発進させた。

助手席のシートにもたれ、僕は長く息を吐いた。そんな僕に向かって李子さんが、「シュン、もう一仕事、頑張ってね。それが済んだら、ご褒美よ」と言った。

こんな時だというのに、『ご褒美』という言葉に僕は胸を高鳴らせた。

24

李子さんは男の死体を、小澤義和を埋めた場所のすぐ傍に埋めることに決めていた。

小澤義和に比べると笠井裕一郎はずっと小さかったが、死体を埋められるような穴を掘るのは簡単なことではなかった。それでも、李子さんと僕は力を合わせ、一時間ほどで大きな穴を掘り、そこにシーツにくるんだままの男の死体を埋めた。

汗まみれになって作業を続けているあいだに、僕は何度となく小澤義和の死体を埋めた辺りに視線を向けた。そこを少し掘れば、腐ってぐちゃぐちゃになり、白骨化し始めた大男の死体があるはずだった。

李子さんのスマートフォンが鳴り始めたのは、今夜のすべての作業をちょうど終えた時だった。

「誰だろう?」

電話に出る前に李子さんが言った。スマートフォンの画面に表示されているのは、登録していない電話番号のようだった。

「はい。沼澤です」

すぐに李子さんが電話に出た。額で汗が光っていた。

李子さんが耳に押し当てているスマートフォンから、まだ若そうな女の声が漏れ聞こえた。

「えっ……そんな……はい。すぐに行きます」

汗ばんだ李子さんの美しい顔が、たちまちにして強《こわ》ばっていった。

電話を切った李子さんを僕は見つめた。心臓が激しく鼓動し始めるのがわかった。最悪のことを考えていたのだ。

僕には昔から、最悪の事態を考える癖がある。最悪のことを考えていれば、最悪のことは起きないと思っているから。

けれど、今夜はその最悪の事態が訪れた。

「母が危篤みたいなの」

声を震わせて李子さんが言った。


道が空《す》いていれば、病院までは車で五分ほどだった。けれど、今夜は夜間の道路工事で迂回《うかい》をさせられた上に、イライラするくらい信号に捕まった。目の前の信号が赤になるたびに、李子さんは「畜生」と呟《つぶや》いて舌打ちをした。

李子さんによれば、すでに妙子さんの自発呼吸はなくなり、今は呼吸器と強心剤で何とか生命を維持している状態のようだった。

病院に向かっているあいだに、李子さんのスマートフォンが鳴り、僕は運転中の李子さんに代わって電話に出た。

電話は看護師からだった。

『心停止を繰り返しています。いつまで保《も》つかわかりません。早く来てください。急いでください』

切迫した口調で看護師が告げた。

どうしようかと迷った末に、僕はその言葉を李子さんに伝えた。

「ああっ、シュン……どうしよう……どうしよう……」

李子さんは運転を続けていたが、ひどく動揺しているようだった。

けれど、僕には運転を代わってあげることさえできなかった。

25.

明るくて広々とした病室には李子さんくらいの年齢の女の医師と、ふたりの女性看護師がいた。

看護師たちは、妙子さんに取りつけられていた生命維持装置を外そうとしているところだった。

そう。間に合わなかったのだ。妙子さんはもう、この世の人ではなくなってしまったのだ。

けれど、目を閉じている妙子さんの顔は、眠っているかのように穏やかだった。

「午後十一時四十分に、お亡くなりになりました」

整った顔立ちの女性医師が沈痛な面持ちで李子さんに告げ、僕は反射的に壁の時計に目を向けた。

妙子さんの心臓が停止したのは、ほんの五分ほど前のようだった。

たったの五分！

僕はまた奥歯を噛《か》み締め、脂汗でぬるぬるとしている拳《こぶし》を強く握り締めた。

すぐに僕は李子さんに視線を向けた。

李子さんの顔はひどく歪《ゆが》んでいた。取り乱すまいとしているようだったが、アイラインに縁取られた大きな目が涙で潤んでいた。

「沼澤さんにお電話をする少し前に、急に息苦しさを訴えられて、その直後に意識をなくされ、自発呼吸がなくなりました」

淡々とした口調で医師が言った。

その女性医師と看護師のひとりに、僕はきのうの面会時に挨拶《あいさつ》をしていた。けれど、今夜の僕は女装していたから、ふたりは僕に気づいていないようだった。

「お母さん……お母さん……」

呟くように繰り返しながら、李子さんはベッドの上の妙子さんに近づいた。そして、ほっそりとした手で、妙子さんの額にそっと触れた。

「お母さん……お母さん……」

李子さんがまたそう呟いた。李子さんの目から大粒の涙が溢《あふ》れ出し、頬を伝って顎《あご》の先から滴り落ちた。

それを見た瞬間、僕の視界も涙で曇った。

たったふたりしかいない身内のひとりを、僕は永久に失ってしまったのだ。

震える脚で、僕もベッドに歩み寄った。そして、李子さんがしたように右手を伸ばし、その掌《てのひら》で妙子さんの左の頬に静かに触れた。

その瞬間、大きく口を開けてアイスクリームを食べた妙子さんの顔を思い出した。

妙子さんの頬はまだ温かかった。それが悲しかった。

第四章

1.

僕がクロゼットから掃除機を取り出すのを見たモナカが、慌てて浴室に逃げ込んだ。モナカは掃除機が大嫌いで、掃除機を使っているあいだ、ずっと浴室に閉じこもっているのだ。そんなモナカのために、いつも脱衣場と浴室のドアを少しだけ開けてあった。

モナカには申し訳ないが、僕はたいてい一日に二度、朝と夕方に掃除機をかけている。床に埃《ほこり》やモナカの毛が散らばっていることに耐えられないのだ。

母は室内を片付けることや、整理整頓《せいとん》をするということが好きではない人だった。洗濯物を畳むのも嫌いだったし、アイロンをかけるのはもっと嫌いだと言っていた。

だから、あの頃から、母に代わって掃除も洗濯もアイロンかけも、みんな僕がやっていた。

綺麗《きれい》好きだったという父に似たのか、昔から僕も綺麗好きで、今も浴室とトイレは毎日、隅々まで入念に掃除をしているし、二日に一度はすべての窓を拭《ふ》いている。週に一度か二度は換気扇やＩＨのクッキングヒーターやエアコンの掃除もしている。

何気なく東側の窓に視線を向ける。すぐそこに建つ白い洋館が目に入ってくる。

その瞬間、僕はまた、妙子さんがもうそこにいない、という事実を思い知らされる。

妙子さんの葬儀が終わって、早くも一週間がすぎた。僕も化粧をし、李子さんから借りた女物の喪服を身につけて、その葬儀に参列した。

葬儀のあいだずっと、李子さんは思い詰めたような顔をしていた。苦しげな顔をしていることもあった。

死なない人間など、ひとりもいない。そんなことはよくわかっている。それでも、いまだに妙子さんの死を受け入れられなかった。僕にとって妙子さんの存在は、それほど大きなものだった。

李子さんも母のいない家に戻るのが辛《つら》いようで、妙子さんが死んだ晩から、必ずこのプレハブハウスにやってくる。そして、僕の作った料理を一緒に食べ、必ず僕の隣で、身を寄せ合うようにして眠る。

そんなこともあって、妙子さんが死んでからはずっと、僕は女装をしてすごしている。

以前の李子さんはここに泊まっていっても、性行為をさせてくれないことも多かった。けれど、妙子さんが死んでから、僕たちは一日も欠かさずに交わっている。李子さんがそれを求めているからだ。

李子さんと交わっている時には、僕は妙子さんの不在を忘れることができる。きっと、李子さんも同じなのだろう。

使い終わった掃除機をクロゼットに収納すると、浴室に隠れていたモナカがすぐに姿を現した。現金なものだ。そんなモナカと入れ替わるかのように、僕はバケツと洗剤とスポンジと、デッキブラシを持って浴室へと向かった。

ふと見ると、浴室の排水溝の金属製の網に、長い黒髪が何本か絡まっていた。李子さんの髪に違いなかった。その髪を指先で取り除きながら、僕は裸になった李子さんがここでシャワーを浴びている姿を思い浮かべた。

その李子さんが昨夜の食事中に、渋谷の事務所にふたりの警察官がやって来たと僕に言った。電車の中で金串《かなぐし》を突き刺されて殺された村井直樹の妻の沙也加と、ホテルの浴槽で溺死《できし》させられた大平順平の妻の美月が、どちらも李子さんの事務所に相談に来ていたという共通点を警察が見つけたようだ。

「まだ証拠は何も握っていないみたいだけど、この私的な制裁は、そんなに長くは続けられないかもしれない。日本の警察はすごく優秀だから。とにかく、しばらくのあいだは自重しましょう」

神妙な顔をした李子さんが言った。

もちろん、僕に異論があるはずはなかった。

思い返してみれば、最初の二回はあまり深く考えることなく人を殺してきた。けれど、人を殺すたびに、耐え難い罪悪感が体の中に蓄積していくのが感じられた。もう嫌だった。たとえ相手がどれほどの悪人であったとしても……自分のしていることが正しい殺人であったとしても……できることなら、人を殺したくはなかった。

浴室とトイレの掃除を済ませた僕は、いつものようにランニングマシンで三十分ほど走り、フィットネスバイクを三十分漕《こ》いだ。その後は汗を流すために浴室でシャワーを浴びた。

浴室から出ると白いタオル地のバスローブを羽織って、久しぶりにピアノの前に腰を下ろした。妙子さんが死んでから、ピアノを弾くのは初めてだった。

僕はまず、ベートーヴェンの『エリーゼのために』を弾いた。亡くなる日の午後、あの病室で、退院したら聞かせてほしいと妙子さんが言ったからだ。

バスローブの合わせ目から、ボディソープの香りが立ち上っていた。いつも何種類かのボディソープを浴室に置いていたが、きょうは薔薇《ばら》の香りのそれを使った。

あっ、今、妙子さんがこの部屋にいる。この部屋のどこかで……いや、すぐそこでピアノの音色に耳を傾けている。

錯覚？

いや、そうではない。僕はすぐそこに佇《たたず》んでいる妙子さんの存在をはっきりと感じた。

「妙子さん、聴こえてますよね？」

指を動かしながら、小声でそう言った。急に、涙で視界が曇り始めた。けれど、この曲はすでに暗記していたから、目が見えなくても演奏に困るようなことはなかった。

ピアノを弾く僕の足元には、モナカがちょこんと座り、泣いている飼い主の顔を、少しだけ首を傾げるようにして見つめていた。

2.

今夜は李子さんのリクエストに応《こた》えて西洋風の料理を用意した。

何冊もの料理の本を捲《めく》りながら考えた今夜のメニューは、夏野菜をたっぷりと使ったラタトゥイユと、赤と黄色のパプリカとピンクペッパーを添えたマグロのカルパッチョ、やはり季節の野菜をたっぷりと使ったミネストローネ、手作りバジルソースと松の実のフェデリーニ、そして、メインは今夜も李子さんの大好物の牛フィレ肉のステーキというものだった。

食事を始める前に、キッチンの片隅に置かれたワインセラーから、李子さんが白と赤の二本のワインを選んで取り出した。白はフランスのシャブリ地区のもので、赤はフランスのコート・デュ・ローヌ地区のものだった。僕はワインを飲まないけれど、最近は勉強して、少しだけワインにも詳しくなっていた。

ステーキ以外には肉を使っていないから、今夜は僕もほとんどの料理を李子さんと一緒に食べることができた。

僕の母が事務所にやって来たと李子さんが口にしたのは、食事が終わりに近づき、そろそろ手作りのオレンジシャーベットを出そうかと考えていた時だった。

「えっ」

僕は思わず、そう口にした。心臓が猛烈な速さで鼓動し始めた。

「予約を受けた時には気づかなかったけど、会ってみたら、シュンのお母さんだった」

「それは……あの……間違いないの？」

ワインで少し赤くなった李子さんの顔を、僕はじっと見つめた。

「当時の担当は母だったから、わたしは一度しか、シュンのお母さんの顔を見たことがないんだけど……でも、身分証明のために見せてもらった保険証にも、佐藤瑠美子って書いてあったから、間違いないわ」

僕と暮らしていた頃の母は『佐藤』とは決して名乗らず、いつも旧姓の『柏葉』を名乗っていた。だが、父とは離婚できていなかったから、戸籍上の母の名は『佐藤瑠美子』だった。

茫然《ぼうぜん》としている僕に向かって、李子さんがさらに驚くべき事実を告げた。何と、母は今、僕の父である佐藤翔太郎と一緒に暮らしているのだという。

「それは、あの……お父さんと……よりを戻したということなの？」

写真でしか見たことのない父の顔を思い浮かべながら、僕はそう口にした。『お父さん』という言葉が、ひどくざらついたものに感じられた。

「ええ。四年くらい前に、また一緒に暮らすようになったみたいなの」

李子さんがゆっくりとした口調で言った。

李子さんによれば、何らかの方法で居所を突き止めた父が母のところにやって来て、今までのことを詫《わ》びた上で、また夫婦として暮らしたいと言ったらしい。父をあれほど憎んでいたはずなのに、意外にも母はそれを受け入れ、ふたりはまた一緒に暮らし始めた。父は大手の警備会社でアルバイトの警備員として働いているようだった。

当時の母は水商売を続けていた。けれど、父と暮らすようになってからは水商売を辞めて、近所のスーパーマーケットでパートタイムの従業員として働くようになった。

最初の頃、父はとても優しくて、母は親の反対を押し切って結婚したばかりの頃のような幸せを感じていた。

けれど、母が幸せでいられたのは、とても短いあいだだけだった。一緒に暮らすようになって半年も経たないうちに、父がかつてと同じように激しい暴力を振るい始めたというのだ。

父は少しでも気に食わないことがあると、母を殴り、蹴飛《けと》ばし、床に叩《たた》きつけた。そして、苦しみに悶《もだ》えている母から着ているものを毟《むし》り取り、レイプするかのように荒々しく犯した。

そう。また暴力だ。母はどんな男と暮らしても、必ず暴力を振るわれるのだ。僕の知る限り、母に暴力を振るわなかった男は、ひとりとしていないのだ。

それは小さくて無力な母が、男たちの中に潜んでいる凶暴な一面を引き出すからなのだろうか？　それとも、母は暴力的な男に、どうしようもなく魅了されてしまう人なのだろうか？

「事務所で佐藤さんの体を見せてもらったけど、あちらこちらに、ひどいアザができていたわ。ほっぺたには、ぶたれたような跡もあった」

顔をしかめて李子さんが言い、僕は唇を嚙《か》み締めた。

頭の中をさまざまな思いが駆け巡っていた。だが、その思いはどれも瞬間的な閃《ひらめ》きのようなもので、次々と消えていき、はっきりとした形にはなっていかなかった。

考えを整理できないでいる僕に、李子さんがさらに驚くことを告げた。両親のあいだには、この秋に三歳になる男の子がいるというのだ。

「えっ……男……の子？」

呻《うめ》くように、僕はそれだけ口にした。思いもしなかった事実を次々と突きつけられて、本当に混乱していたのだ。

「ええ。だから、その男の子は……シュンの弟ということになるのよね」

僕の目を覗《のぞ》き込むかのように見つめて李子さんが言った。「男の子の名前は、確か……

ジュンイチだって言ってた。どんな字を書くのかは訊《き》かなかったけど……」

「ジュンイチ……あの、その男の子には……ちゃんと戸籍があるの？」

今までは、戸籍のことを気にすることはあまりなかった。けれど、なぜか、今はそれがひどく気になった。

「ええ。その子の出生届は役所に提出したみたいね」

反射的に、僕は壁に視線を向け、その後は窓を見つめ、さらにはキッチンのほうに目を向けた。どこを見ていいのか、わからなかったのだ。

ジュンイチという名の弟には戸籍があるのに、兄の僕にはそれがない。弟は両親と暮らしているのに、その家族に兄の僕は含まれていない。僕という長男がいるのに、弟には長男のような名前がつけられている。

あまりにも理不尽で不条理なその事実を、簡単には受け入れることができなかった。

「それで……お母さんは、あの……またお父さんから逃げ出すつもりでいるの？」

「小さな息子さんもいるから、それは決めかねているみたい。このままの暮らしには耐えられないって言っていたけど、自分でもどうしていいかわからないようね。だから、わたしの事務所に相談に来たんだと思う」

李子さんが言い、僕はまた黙って頷《うなず》いた。

しばらくの沈黙があった。僕は顔を俯《うつむ》けていたけれど、そのあいだ、李子さんはずっと僕を見つめていた。

防音性の高いプレハブハウスは今夜も静かだった。李子さんは僕のピアノを聴くのは好きだったが、音楽を流すのはあまり好きではなかった。

やがて、僕は静かに顔をあげ、ためらいがちに尋ねた。

「あの……李子さんはお母さんに、あの……僕がここにいることを教えたの?」

「まだ教えていない。あの……シュンは、あの……お母さんに会いたい?」

遠慮がちに李子さんが訊き、少し考えてから、僕は首を傾げた。

母に会いたい気持ちがまったくないわけではなかった。だが同時に、会いたくないという気持ちもあった。

「もし、お母さんが、あの……ひどい暴力を受けて、昔みたいに苦しんでいるなら、あの……僕はお母さんを助けてあげたい」

考えながら、僕は言葉を口にした。けれど、本当にそう思っているのかどうか、僕自身にもよくわからなかった。

「捨てられたのに、恨んでいないの?」

李子さんが僕の目を見つめた。『捨てられた』という言葉が、胸に鋭く突き刺さるように感じられた。

「それも、あの……今はよく、わからない」

言葉に詰まった末に、ようやく僕はそう答えた。今夜は本当に混乱していて、自分がしたいことさえわからなくなっていたのだ。

「こんなことは言いたくないんだけど……実はわたし、シュンのお母さんにはあまり同情できないの」

李子さんが言い、僕は李子さんの顔に視線を戻した。

「それは、あの……どうして？」

「言いたくない」

顔を俯けた李子さんが、テーブルの上の空の皿を見つめて小声で答えた。

「あの……李子さんは……僕のお母さんが嫌いなの？」

「だから、言いたくないの」

顔を俯けたまま少し強い口調で李子さんが言い、僕は李子さんから視線を逸《そ》らして無言で頷いた。

3.

使った食器を洗浄機に納め、シンクで鍋《なべ》類を洗ってから、僕はずっと考えていたことを口にした。

「僕のお母さんは、今、どこに住んでいるの？」

その言葉を耳にした李子さんが、少し意外そうな顔をした。

「シュン、お母さんに……会いに行くつもり？」

「行かない……と思う。ただ……どこに住んでいるのかだけ知りたい」

僕は李子さんを見つめた。

李子さんは少し考えた末に、現在の母の住所を教えてくれた。父と母が暮らしているのは、僕たちの最寄り駅と同じ私鉄沿線にある、世田谷《せたがや》区内のアパートのようだった。

またしばらくの沈黙があった。何となく重苦しい沈黙だった。その沈黙を破ったのは李子さんだった。

「実は、シュンのお母さんから、自分が暴力を振るわれている時の音声を録音したCDを、証拠品として預かっているんだけど、あの……シュンは聞きたくないよね？」

僕はまた視線を泳がせた。事務所に母が訪ねてきたと聞かされた時のように、心臓が強い鼓動を始めるのがわかった。

「証拠品って……あの……それは……ここにあるの？」

「ええ。でも、かなり生々しいから、聞かないほうがいいかもしれない」

僕はしばらく考えた。母の悲鳴は聞きたくなかった。けれど、母の声は聞きたかった。

「李子さんがそばにいてくれたら、あの……聞いてみたい」

僕は李子さんを見つめた。

「それじゃあ、一緒に聞いてみようか。でも、やめたくなったら、すぐに言ってね」

李子さんの言葉に、僕は小さく頷いた。

母によれば、ピアノ科に在籍していた学生たちの中でも、父はかなり優秀なピアニストだったのだという。

『怖い人だったけれど、ピアノを弾く時には別人になるの。あの才能は羨《うらや》ましかった。あの人、天才なのかも』

いつだったか、母がそう口にしたことがあった。当時の父の夢は、有名な楽団のピアノ奏者になることだったという。

もちろん、僕は父のピアノを聴いたことはない。でも、できることなら、父の弾くピアノを聴いてみたかった。そして、僕の弾くピアノを父に、一度でいいから聴いてもらいたかった。


その音声は凄《すご》むような男の声から始まった。

『おい、瑠美子っ！　貴様、今、何て言った？』

おそらく、それが父の声なのだろう。その声を聞くのは初めてだった。

『こんな暮らし、もう我慢できないの。だから……お願いだから、ここから出て行って……ショウちゃんとは、もう一緒にいたくないの』

怯《おび》えているかのような女の声が聞こえた。七年ぶりに耳にする母の声だった。

『何だと？　このアマっ……もう一度言ってみろっ！』

父がさらに声を凄ませた。

僕は父に似ていると、母がよく口にしていた。けれど今、聞こえてくる父の声は、怒りに震えているということもあってか、僕の声とはまったく違うように感じられた。

『だから……だから、ここから出て行ってほしいの……もう一緒にいられない……』

母がそう口にした瞬間、『黙れっ！』という男の怒鳴り声が聞こえ、続いて頬が打ち据えられたような鋭い音と、母のものと思われる悲鳴が耳に飛び込んできた。

平手打ちと思われる音は一回だけでなく、二回、三回と続き、そのたびに母が『やめてっ』とか『いやっ』という声を上げた。

『もう一度言ってみろっ、瑠美子っ！　言えっ！　言えっ！』

男が大声で怒鳴り、『苦しい……手を……離して……』という、呻《うめ》くような母の声がした。

音声だけなのではっきりとはわからないが、もしかしたら、男が母の襟首を鷲《わし》摑《づか》みにして、力任せに締め上げているのかもしれなかった。

次の瞬間、『ぐっ』という母の呻きと、『げへっ』という呻きが続けざまに聞こえ、母が床に崩れ落ちたような音がした。

『この俺に生意気な口をきくとどうなるか、貴様はまだわかっていないんだな。だったら、今夜は徹底的にわからせてやるっ！　いいなっ、瑠美子っ！　覚悟しろっ！』

興奮した男が叫ぶような声を出した。

僕は拳《こぶし》を握り締めた。『聞いてみたい』と言ったことを、早くも後悔していた。

『やめて、ショウちゃん……許して……お願いだから、暴力はやめて……』

縋《すが》るような母の声がした。

『だったら、この俺に向かって、二度と生意気な口を叩《たた》くなっ！』

『だって、ショウちゃんが……』

『口答えをするなっ！』

母の言葉を遮った男が、さらなる大声で怒鳴り、また頬が張られたらしき音と、母の悲鳴が聞こえた。

それから少しのあいだ、激しく揉《も》み合っているような音と、母の『いやっ』『許してっ』という声が続いた。布が破れるみたいな音もした。きっと男が力ずくで、母を床に組み伏せようとしているのだろう。

揉み合いを続けながら、男は何度となく母の頬を張った。頬が強く打ち据えられるたびに、母が『ひっ』とか、『あっ』という小さな悲鳴を上げた。『許して』とか、『もう、ぶたないで』という言葉も口にした。

さらに布が引き裂かれるような音と、床に何かが叩きつけられるような音が聞こえた。

母の『あっ、いやっ……痛いっ……痛いっ……』という声もした。

『おい、瑠美子、脚を開けっ！　もっと開けっ！』

怒鳴るように男が命じた。

『いやっ！　きょうはいやっ！』

『もっとぶたれたいのか？』

『いや、ぶたないでっ！』

『だったら、言われた通りにしろっ！』

またしても男が怒鳴り、母はさらなる暴力を恐れて命令に従ったようだった。

歯を食いしばりながら呻きを漏らしているような母の声が聞こえ、すぐに肉と肉とが規則的にぶつかり合っているような鈍い音が始まった。苦しげに呻く母の声も、断続的に僕の耳に飛び込んできた。

見えたわけではないが、小柄な母は男に力ずくで組み伏せられ、無理やり男性器を挿入されているに違いなかった。

僕はさらに強く拳を握り締めた。僕の隣にいる李子さんの顔には、沈痛な表情が張りついていた。

『どうだ、瑠美子。感じるか？　感じるなら、そう言えっ！』

勝ち誇ったような男の声が聞こえた。けれど、母は苦しそうな呻きを漏らし続けているだけで、返事をしなかった。

もう聞いていられなかった。僕はデッキに手を伸ばし、汗ばんだ指先で停止ボタンを押した。

その瞬間、室内に響き続けていた母の呻き声がふっと消え、不自然に感じられるほどの静けさが辺りを支配した。

4.

李子さんには『行かない』と言った。だが、証拠品の音声を聞いた翌日の午後、夕食の支度を済ませてから、僕は渋谷方面へと向かう私鉄の電車に乗って父と母の住む街に向かった。近くに大学があり、学生が多く暮らしている街だった。

プレハブハウスを出る前に、僕は時間をかけてかなり派手な化粧を施し、つやつやと光る長い麦藁《むぎわら》色のカツラを被《かぶ》った。そして、たくさんのアクセサリーを身につけ、体に張りつくような黒いマイクロミニ丈のノースリーブのワンピースをまとい、踵《かかと》の高い黒のストラップサンダルを履いた。母と遭遇した時に、僕だと気づかれないための変装のつもりだった。

そんな恰好《かっこう》で家を出ると、すぐにたくさんの視線を感じた。男たちだけでなく、若い女たちも僕を見つめていた。

もう夏も終わりだというのに、きょうも朝からぐんぐんと気温が上がっていた。プレハブハウスを出たとたんに、やかましいほどの蟬の声が四方八方から耳に飛び込んできた。

午後の上り電車はガラガラだった。僕の乗った車両には学生らしき五人組の男たちがいて、膝《ひざ》を揃えて姿勢よくシートに腰掛けている僕に絶え間なく視線を向けていた。五人は僕と同じ駅で電車を降りたから、何か話しかけられたら嫌だなと思っていたが、幸いなことに声をかけられずに済んだ。

両親が住んでいるというアパートはすぐに見つかった。かつて、母と僕が暮らしていたような、古くて薄汚れた木造のアパートで、大学の名が冠された最寄り駅から歩いて十分ほどのところにあった。

僕はアパートの下にある、錆《さ》びて朽ちかけた鉄製の集合ポストに歩み寄った。『106』と書かれたポストに『佐藤』というプレートが貼りつけられていた。

そう。このアパートの一階の一室で今、僕の両親と弟が生活をしているのだ。

李子さんによれば、ジュンイチという名の男の子を産んでからの母は、その子を育てるためにスーパーマーケットの仕事を辞めて、自宅で内職をしているらしかった。だから、今も母は、室内に息子とふたりでいるのかもしれなかった。

アパートの出入口の前には歩道のない細い道路があって、そのすぐ向かいの建物の一階に小さいけれど洒落《しゃれ》たカフェがあった。僕はそのカフェに入ると、窓辺の席に座ってジンジャエールを注文してから、ほとんど車が走っていない道路の向かい側にある両親が暮らすアパートを見つめた。

腕時計を見ると、時刻は間もなく午後四時になろうとしていた。

僕に負けないくらい濃く化粧をした若いウェイトレスが、すぐにジンジャエールを運んできた。よく冷えたそれを飲みながら、僕は母との時間を思い出した。

あれは僕の十二歳の誕生日のことだった。深夜に自宅に戻ってきた母が、玄関まで出迎えに出た僕に、「誕生日おめでとう」と言って小箱を差し出した。

あの夜のことは、はっきりと覚えている。玄関のたたきに立った母は、今の僕が着ているのとよく似た黒いマイクロミニ丈のワンピースを身につけ、彫りの深いエキゾティックな顔に濃密な化粧を施し、伸ばした爪に派手なマニキュアを塗り重ね、たくさんのアクセサリーを光らせていた。

今、僕が身につけているアクセサリーはすべて李子さんが購入したもので、どれも外国製の高価なブランド物だった。けれど、あの晩の母がつけていたアクセサリーはきっと、どれも安物だったに違いない。

あの晩、僕は少し驚きながら、母が差し出した小箱を受け取った。家を出る時には何も言わなかったから、きっと母は誕生日なんて覚えていないだろうと思っていたのだ。

「開けてみて、シュン」

微笑みを浮かべた母が言い、僕は洒落た包装紙を剥《は》がして小箱の蓋《ふた》を開いた。

箱の中には腕時計が入っていた。スイスの有名時計メーカーの自動巻きの腕時計だった。

「質屋さんで買ったの。中古だけど、すごく高かったのよ」

少し得意げな顔をして母が笑った。瞼《まぶた》につけたエクステンションが、目の下に大きな影を落としていた。

翌日から、僕はいつもその腕時計をつけて暮らした。それは男物の腕時計だから、女装をしない日には今もしばしば身につける。その時計を手首に嵌《は》めるたびに、僕はあの夜の母のことを思い出す。

母に捨てられたのは、それから少ししてからのことだった。

5.

真夏のような暑さが続いていたけれど、日没の時刻は確実に早くなっていた。太陽は大きく傾き、歩いている人たちの影が路上に長く伸びていた。その多くが、学生や高校生のように見えた。

もし、戸籍があれば、今頃、僕は高校を卒業していたはずだった。父や母と同じように大学で音楽を学んでいたかもしれないし、文学部に進んで文学の勉強をしていたかもしれない。あるいは、調理師やパティシエになるために、専門学校に通っていたのかもしれない。

けれど、母が出生届を提出しなかったことによって、その未来は完全に奪われてしまった。たった一度の人生を、母によってメチャクチャにされてしまったのだ。

僕は車やオートバイを運転することができない。海外に行くこともできない。保険証も持てないし、自分名義のクレジットカードを持つこともできない。将来は無年金者になってしまうに違いなかった。

どうして、この僕だけが……。

それを考えると、歯軋《はぎし》りしたくなるような思いが込み上げる。

母を憎みたくはなかった。嫌いになりたくはなかった。だから、ふだんは意識的に、それを考えないことにしている。

けれど、年の変わらない学生や高校生が楽しげに歩いている姿を目にすると、その気持ちが込み上げてくるのを抑えることが、どうしてもできなかった。

「ああっ、畜生……」

道路の向かいにある薄汚れたアパートを見つめて、僕は小声でそう呟《つぶや》いた。

ベビーカーを押した小柄な女が姿を現したのは、カフェに入って三十分ほどがすぎた頃だった。

その瞬間、胸が激しく高鳴った。

二度と会うことはないと思っていた人がそこにいる。すぐそこにいる。

それは夢を見ているかのようだった。

母はライトグレーの半袖《はんそで》ブラウスに、丈の長いデニムのスカートという恰好をしていた。足元は踵の低い黒いサンダルだった。母はまっすぐな長い黒髪を後頭部でひとつに結んでいた。

ペタンコのサンダルを履いているということもあって、小柄で華奢《きゃしゃ》な母は子供のようにも見えた。きっと今も体重は三十五キロほどしかないのだろう。

母が押しているベビーカーの中には小さな子供がいた。はっきりとは見えなかったが、ジュンイチという名の弟に違いなかった。

僕はすぐに立ち上がり、支払いを済ませてカフェを出た。そして、ベビーカーを押して歩き出した母の小さな背中を、激しく胸を高鳴らせながら追いかけた。

ポニーテールに結んだ髪が、母の背中で規則正しく左右に揺れていた。その後ろ姿は、やはり子供のように見えた。

母が向かったのは、アパートから歩いて五分ほどのところにある大手チェーンのスーパーマーケットだった。

ベビーカーを押している母はショッピングカートを使わず、緑色をしたプラスティック製のカゴを細い腕に提げて買い物を始めた。そんな母のすぐそばで、僕も買い物をすることにした。

そこにいるのは、母に違いなかった。けれど、近くで見ると、疲れ切ったような顔をしたその女は、記憶の中の母よりかなり歳を取っていた。彫りが深くて、エキゾティックで、少し悲しそうな顔立ちをしているということもあって、時には老女がいるかのようにも見えた。母の顔に化粧っ気はなく、唇にルージュさえつけていなかった。

かつての母は左右の耳に二個ずつのピアスを嵌めていた。けれど、きょうの母の耳にはピアスホールさえなくなっていた。

買い物のあいだずっと、母は思い詰めた顔をしていた。生気の感じられないその顔を見るだけで、母が今、幸せとはかけ離れたところにいるのだということが感じられた。

母の買い物カゴには、賞味期限間近の値下げされた食料品ばかりが入っていた。母と暮らしていた頃の僕も、そんな食品を選んで買っていたものだった。

母のブラウスはよれよれになっていた。何度も繰り返し洗ったらしいデニムのスカートは、色褪《いろあ》せて、裾《すそ》の部分が擦り切れていた。かつての母はいつも、手足の爪に鮮やかなエナメルを塗り重ねていた。けれど、きょうの母はマニキュアもペディキュアもしていなかった。

よく見ると、母の左の頰が少し腫《は》れているように感じられた。唇にも、傷のようなものができていた。きっと父に殴られた時のものなのだろう。

ベビーカーの中の男の子は、とても可愛らしい顔立ちをしていた。目鼻立ちがはっきりとしていて、将来は間違いなく美しい少年になるのだろうと思われた。

男の子はとてもおとなしくて、ベビーカーの中でぼんやりと辺りを見まわし続けていた。きっとこの子もかつての僕と同じように、暴力を受けた母が泣き叫ぶ声を、毎日のように耳にしているのだろう。

そう考えると、その子が哀れでならなかった。

缶詰などが並んでいる狭い通路で、すれ違いざまに母にわざとぶつかってみた。

「あっ、すみません」

思い詰めたような母の顔を見つめて、僕は囁《ささや》くような声で謝罪した。それぐらいの声なら、女装した男だと気づかれないはずだった。

「こちらこそ、すみません」

大きな目で僕を見つめた母が言った。

たった今、実の息子が目の前にいるというのに……こんなにも近くにいるというのに……母はその事実にはまったく気づいていないようだった。

母に気づかれないために女装をしていたのだけれど、気づいてもらえないことに少しだけ落胆した。

買い物を済ませた母が自宅のアパートに入って行くまで、僕はその小さな背中を追いかけ続けた。

話しかけたい。

何度となく、その衝動に駆られた。けれど、そのたびに、その気持ちを抑え込んだ。

6.

その晩も、僕は大きなテーブルに李子さんと向き合って食事をした。

『今夜は和食の気分かな』という李子さんのリクエストに応《こた》えて、今夜の僕は何種類かの刺身の盛り合わせや、鶏肉とキノコと銀杏《ぎんなん》を入れた茶碗蒸《ちゃわんむ》しや、小松菜のお浸しや、インゲンと薬味をたっぷりと添えた冷奴《ひややっこ》や、桜エビとワケギを入れた甘い卵焼きをテーブルに並べた。メインディッシュは味噌漬《みそづ》けにした牛肉を、朴葉《ほおば》に載せて高温のガスオーブンで短時間焼いたものだ。

入浴を終えた李子さんは、裾の長い白い木綿のナイトドレスを身につけていた。見える場所のアクセサリーはすべて外されていて、洗い立ての長い髪は後頭部でひとつに結ばれていた。

李子さんは今、化粧を完全に落としていた。けれど、やつれ切った僕の母とは比べ物にならないほど若々しかったし、生き生きとしていた。少なくとも、ふたりが同い年だとは思えなかった。

食事をしながら随分と考えた末に、僕は自分が母の姿を見てきたということを李子さんに伝えた。

「やっぱり……行ったのね？」

箸《はし》を動かす手を止めた李子さんが、咎《とが》めるような顔をして僕を見つめた。

「勝手なことをして、ごめんね」

悪戯《いたずら》を見つけられた子供のように、僕は顔を俯《うつむ》けて謝罪した。

「謝ることはないよ。お母さんはシュンに気づかなかったの？」

「女装していたから……」

「それで……シュンはどうしたいの？」

僕の顔を見つめ続けて李子さんが尋ねた。その顔には今も、咎めるような表情が張りついたままだった。

「あの……僕は、あの……お母さんが苦しんでいるなら、あの……助けてあげたいと思ってる」

考えながら、僕はそう口にした。

「気持ちはわかるわ。でも、シュンには申し訳ないけど……わたしは手伝いたくないな」

僕の顔ではなく、パジャマの胸の辺りを見つめて李子さんが言った。

「どうして？」

「シュンを捨てたことを……恨んでいるから」

視線をさらに落とした李子さんが、小さな声でそう言った。

「李子さんが僕のお母さんを、あの……恨んでいるの？」

「シュンのお母さんがしたことは、あまりにも無責任だと思うの。たった十二歳の子供を放り出すなんて、れっきとした犯罪よ。わたしは……そんな人を助けたくない」

やはり小声で、だが、はっきりとした口調で李子さんが僕にそう告げた。

その晩も、僕は李子さんと全裸で交わった。

硬直した男性器が体を貫き、子宮口が強く突き上げられるたびに、李子さんは眉《まゆ》のあいだに深い皺《しわ》を作り、その美しい顔を悩ましげに歪《ゆが》めた。そして、ほっそりとした両腕で僕の背中をしっかりと抱き締め、真っ白な歯の覗《のぞ》く口から「あっ」「うっ」「いやっ」などという声を絶え間なく漏らした。

李子さんのその声が僕の中で、『証拠品』のＣＤから聞こえてきた母の苦しげな声に重なった。

大きく脚を広げた李子さんの上で荒々しく腰を打ち振っているあいだ、僕は何度となく、自分が今、実の母親と身を重ねているような背徳的な幻惑に見舞われた。

その淫《みだ》らで、いかがわしい幻惑が、僕をいつもよりさらに激しく高ぶらせた。

途中で僕は男性器を引き抜き、李子さんに四《よ》つん這《ば》いの姿勢を取ってもらった。そして、やはり母と交わっている幻影の中で、李子さんの尻《しり》を両手で鷲掴《わしづか》みにして、背後から荒々しく男性器を突き入れた。僕の母も李子さんと同じように、子供みたいに小さな尻をした人だった。

李子さんは両手でシーツを強く摑み、長い髪を激しく振り乱しながら、抑えきれない声を漏らし続けた。

僕はその髪を背後から摑み、切なげに歪められた李子さんの顔をこちらに振り向かせた。そして、なおも声を出し続けている李子さんの口に自分のそれをピッタリと重ね合わせ、自分は腰を前後に動かしながら、貪《むさぼ》るかのように激しいキスを長いあいだ続けた。

「ああっ、シュン……シュン……」

顔を背けるようにしてキスから逃れた李子さんが、声を喘《あえ》がせながら僕の名を繰り返した。

李子さんは『手伝いたくない』と言った。だとしたら、今回のことは、僕がひとりでやるしかなかった。

7.

その翌日の土曜日の午後遅く、僕は再び電車に乗って、両親と弟の住む世田谷区内のアパートへと向かった。李子さんは日曜日と祝日しか休まなかったから、土曜日のきょうも渋谷の事務所に出かけて行った。

僕はやはり女装をしていたが、前日とは別人に見えるように、つけ睫毛《まつげ》をせず、化粧は薄めにし、香水はやめ、アクセサリーも小さなピアスだけにした。そして、栗色のシヨートカットのカツラを被《かぶ》り、白いタンクトップを身につけ、ピッタリとしたジーンズを穿《は》いた。足元は素足に白いデッキシューズにした。

週末だということもあって、電車の中では家族連れの姿が多く目についた。若いカップルも何組もいたし、友人同士で談笑している若者たちもいた。誰もが僕とは、まったく別の世界で生まれて、まったく別の世界で暮らしている人々だった。

幸せな人たちは同じように幸せだけれど、不幸な人たちはそれぞれに不幸なのだ。

電車に揺られているあいだに何度となく、トルストイの本で読んだそんな言葉が僕の頭をよぎった。

あのアパートの前に着いたのは、午後四時半になろうとしている頃だった。

母が暮らす106号室は、一階の東の角部屋だということはすでに確認していた。僕は道路からその部屋の窓に視線を送った。

その窓には白っぽいレースのカーテンがかけられていて、室内の様子はよく見えなかった。けれど、テレビの画面から発せられる光のようなものがカーテンに映っていた。テレビがついているということは、たぶん今、母はその部屋の中にいるのだ。ジュンイチという僕の弟も、きっとそこにいるのだ。

少しのあいだ、僕は路上からその窓を見つめていたが、やがて前日と同じカフェに入った。そして、前日と同じ窓辺の席でジンジャエールを飲み、Kindleでアガサ・クリスティの推理小説を読みながら、すぐそこに建つ古い木造のアパートを見張った。

前日と同じように蒸し暑かったが、晴天だった前日とは打って変わって、空には灰色の雲が広がっていた。予報では夕方から雨になるようだった。

今夜はまた西洋風の料理を作るつもりで、自宅を出る前に、その下ごしらえはすべて終えていた。今夜のメインディッシュは、李子さんの好物のスペアリブのクリーム煮にする予定だった。


ベビーカーを押した母がアパートから出てきたのは、カフェに入って一時間半ほどがすぎた頃で、ジンジャエールを飲み終えた僕は温かなミルクティーを飲んでいた。時刻は午後六時になろうとしていて、辺りは暗くなり始めていた。

母は白い半袖《はんそで》のブラウスに、前日と同じデニムのスカートという恰好《かっこう》をしていた。サンダルも前日と同じもののようだった。やはり化粧はしていなかったし、アクセサリーも身につけていなかった。

母の押すベビーカーの中には、ジュンイチと名づけられた僕の弟がいた。そして、母のすぐ傍には、顔立ちの整った、すらりとした中年の男が立っていた。白と濃紺のストライプ柄の半袖のボタンダウンシャツに、細いベージュのズボンを穿いた男の姿を、僕は窓ガラス越しにじっと見つめた。

母のアルバムにあった父の写真よりはかなり歳を取っていたが、写真の男と同一人物だろうと思われた。極端に小柄な母と並んで立っているせいもあって、男は本当に背が高く見えた。ボタンダウンシャツの上からでも、ほっそりとした体つきをしていることがはっきりと見て取れた。

男は鼻の下と顎《あご》先に、黒い髭《ひげ》を生やしていた。けれど、もし、その髭がなければ、僕が毎日、鏡の中に見ている男と、どことなく似ているようにも感じられた。

男は優しげで、穏やかな顔つきをしていた。笑った顔は、僕にさえ可愛らしく感じられた。その姿からは、妻に暴力を振るい続けているところなど、想像することさえできなかった。

背の高い男を見つめたまま、僕は奥歯を嚙《か》み締め、膝《ひざ》の上の両手を強く握り締めた。そう。その男が僕の父、佐藤翔太郎なのだ。僕の体の中には、その男の血が流れているのだ。

前日と同じように、僕は急いで支払いを済ませてカフェを出た。そして、ベビーカーを押して歩いている母と、ズボンのポケットに両手を突っ込んで母のすぐ傍を大股《おおまた》で歩く男を追いかけた。

前日の僕はとても踵《かかと》の高いパンプスを履いていたから、早く歩くのは容易ではなかった。けれど、きょうはデッキシューズだったから彼らを追跡するのは簡単だった。

歩きながら、父は何度か母に声をかけていた。父の声を生で聞くのは初めてだった。『証拠品』のＣＤとは違い、父は穏やかに話していた。その声は男にしては少し高くて、僕の声によく似ているようにも思われた。

歩いている途中で、急に父が振り向いた。

ほんの一瞬、父と僕の視線が交錯した。だが、もちろん、父が僕に気づくはずはなかった。僕たちが会うのは、きょうが初めてのはずだった。

暗くなり始めた空には今も雲が広がっていた。その雲の向こうにぼんやりと、かなり丸みを帯びた月が見えた。きっとあと数日で、満月になるのだろう。

8.

すぐ前を歩き続けている両親は、自宅アパートから五分ほどのところにあるファミリーレストランに入って行った。

僕も彼らに続いて、国道沿いにあるその店に足を踏み入れた。

ファミリーレストランに入るのは初めてだった。かつての母と僕には、ファミリーレストランでさえ高嶺《たかね》の花だったから。

店の中は広々としていたが、土曜日の夜なので多くの客で混み合っていた。そんなこともあって、僕が案内されたのは、両親の席から少し離れたテーブルだった。

父と母は、ディナーのセットメニューを注文しているように見えた。朝食を取ってから何も食べていなかったから、僕もかなりの空腹を覚えていた。けれど、李子さんとの夕食が控えていたからミルクティーだけしか注文しなかった。

店内は本当に混雑していたし、そんな人々の話し声で賑《にぎ》やかだった。店にいる客の大半が家族連れで、残りはカップルや友人同士のグループだった。

店の中にいる誰もがとても楽しそうに見えた。ひとりきりでここにいるのは僕だけのようで、何となく居心地の悪さも感じた。

窓辺のテーブルに向き合っている両親を、僕は店の奥のほうの席からさりげなく見つめ続けた。今夜の父は機嫌がいいようで、身振り手振りを交えながら母にしきりと何かを話していた。父もまた、女のように細くてしなやかな指の持ち主だった。父は首が長く、鼻の形がよく、切れ長の目が爽《さわ》やかだった。

母は父の言葉に頷《うなず》いていたが、その顔に笑みが浮かぶことはほとんどなかった。前日と同じように、母は疲れたような様子をしていた。

やがて、両親のテーブルにウェイトレスが料理を運んできた。ウェイトレスが父の前に置いたのはハンバーグステーキのコースと、大きなジョッキに注がれた生ビールだった。肉を食べられない母の前に置かれたのは、帆立貝のグリルのコース料理だった。ジュンイチという名の弟には、小さな椀《わん》に入った麺類《めんるい》とお粥《かゆ》のようなものが運ばれてきた。

両親の様子を窺《うかが》っていると、LINEの着信音が聞こえた。

『九時頃に帰るね』

送られてきたのは、それだけだったが、孤独感から解放されたように感じて僕は微笑んだ。李子さんはただひとりの家族だった。

『うん。待ってる。今夜はスペアリブのクリーム煮だよ』

李子さんにそう返信してから、僕はまた両親のテーブルに視線を向けた。

母は食事をしながら、自分の隣に座らせた男の子の口にも箸《はし》やスプーンで料理を運んでいた。男の子は美味《おい》しそうにそれを食べていたけれど、あまり楽しそうにはしていないように見えた。それどころか、父が何かを言うたびに、怯《おび》えたような表情を浮かべて父の様子を窺《うかが》っていた。

そう。その子は両親の仲がよくないということを知っているのだ。おそらくは、かつての僕と同じように、暴力を受けて泣き叫び、必死で許しを乞《こ》うている母の声を頻繁に耳にしているのだ。もしかしたら、暴力的に犯されている母の姿を目にしたことがあるのかもしれなかった。


にこやかだった父の顔に、突如として鬼のような形相が浮かび上がったのは、食事を終えた母が温かなミルクティーを飲んでいる時だった。

その瞬間、僕は背中に冷水を注ぎ込まれたように感じた。目を吊《つ》り上げた父の顔がそれほど恐ろしかったのだ。

父は急に立ち上がると、ハンサムな顔を怒りに歪《ゆが》めて母に何かを言った。聞き取ることはできなかったが、たぶん『行くぞ』とか、『帰るぞ』と言ったのだと思う。

鬼のような形相になった父は、怯えた顔をしている息子を乱暴に抱き上げてベビーカーに座らせた。そして、そのベビーカーを自分で押してさっさと歩き出し、テーブルに母を残して足速に店から出て行ってしまった。

息子と同じように、母の顔にも怯えの色が浮かんでいた。母は飲みかけのミルクティーをテーブルに置いたまま、財布から取り出した現金で支払いをした。そして、怯えた表情を顔に張りつかせたまま、スカートの裾《すそ》をはためかせながら店を出て行った。

僕もすぐに立ち上がった。けれど、僕の前に支払いをする人がいたせいで、店を出た時にはもう母の姿はどこにも見えなくなっていた。

9.

両親が暮らすアパートに向かって歩いているあいだに雨が降り始めた。

僕は街路樹の下で立ち止まり、バッグから折り畳みの傘を取り出した。李子さんからもらった女物の傘で、フランスの高級ブランドの製品だった。

傘をさす前に夜空を見上げた。

さっきまで雲の向こうにぼんやりと見えていたあの丸い月は、今ではさらに厚くなった雲に完全に覆い隠されてしまっていた。街路灯の光に照らされた雨粒が、地上に勢いよく降り注ぐのがよく見えた。

歩いているあいだに雨はどんどんと強くなり、両親のアパートに着いた時には本降りになっていた。気温も一気に下がっているようで、剝《む》き出しの腕には鳥肌が立っていた。これから父は母を罵《ののし》り、殴る蹴《け》るの暴行を加えるのだろうか？　僕の弟は泣きながら、その光景を目撃することになるのだろうか？

そう思うと、居ても立っても居られなかった。


両親と弟はすでにアパートに戻っているようで、部屋には明かりが灯《とも》っていた。106号室のドアの前に立つと、ずぶ濡《ぬ》れの折り畳み傘から雨水を滴らせながら、薄汚れた木製のドアに顔を近づけて聞き耳を立てた。

雨はさらに強くなっていた。土砂降りと言ってもいいほどだった。叩《たた》きつけるように降る雨音に掻《か》き消されて、室内の声はほとんど聞き取れなかったが、ドアの向こうから怒鳴っているかのような大きな男の声がした。男の子の泣いているような声も聞こえたし、母のものだと思われる声もした。

僕は古びた真鍮《しんちゅう》製のドアノブを摑《つか》むと、それを静かにまわしてみた。

ドアに鍵《かぎ》はかかっていなかった。少し躊躇《ちゅうちょ》した末に、僕はそのドアをゆっくりと引き開けた。両親に気づかれた時には、友人の部屋と間違えたと言ってすぐに立ち去るつもりだった。

ドアを開けたことによって、父の怒鳴り声や男の子の泣き声がはっきりと聞こえるようになった。

　母は「ごめんなさい」「許して」などと謝罪の言葉を口にしていた。僕の弟は「やめて」「もうやめて」と、叫ぶかのように繰り返していた。声は本当にすぐそこから聞こえたけれど、食器棚や冷蔵庫に邪魔されて、僕がいる玄関のたたきからでは両親や弟の姿は見えなかった。

「ジュンイチ、お前は向こうの部屋に行っていろっ！　さっさと行けっ！　早くしないと、お前もぶん殴るぞっ！」

　部屋中に響き渡るかのような大声で父が怒鳴った。

「やめてっ！　ジュンイチに乱暴はしないでっ！」

　母がそう口にした直後に、「お前は口を閉じていろっ！」という父の声が響き、直後に頬が強く打ち据えられるような音と、「ひっ」という母の声が響いた。

　それに続いて、母の啜《すす》り泣く声と、「パパ、やめてっ！」と叫ぶ弟の声が聞こえた。

「ジュンイチ、お前、まだそこにいるのかっ！　さっさと向こうの部屋に行けっ！　ほらっ、あっちに行くんだよっ！」

　父が弟に命じ、すぐに襖《ふすま》が勢いよく閉められたような音がした。きっと弟は力ずくで隣室に追い出されたのだろう。

　玄関のたたきに立ち尽くして、僕は汗ばんだ拳《こぶし》を強く握り締めた。幼かった頃と同じように、何もできずに佇《たたず》んでいるだけの自分が情けなかった。

「瑠美子、とにかく、この話はこれで終わりだっ！　お前は俺の所有物なんだっ！　だから、お前にはここから出て行く権利も、俺を追い出す権利もないんだっ！　いいなっ！　わかったか？　わかったなら、返事をしろっ！」

父が大声でまくしたて、聞き取りにくいほど小さな声で、母が「はい」と答えた。

「さっき、俺に言ったことを撤回しろっ！」

「あの……撤回します」

声を震わせて母が言った。

「俺に謝れっ！　土下座して謝れっ！」

「ごめんなさい……許してください……」

母の声がまた聞こえた。きっと床に額を擦《こす》りつけているのだろう。

「瑠美子、お前、本当に悪かったと思っているのか？」

勝ち誇ったような口調で父が訊《き》いた。母が土下座して謝罪をしたことで、さっきまでの激しい怒りは収まり始めているようだった。

「はい……悪かったと……思っています」

消え入りそうな声で母が言った。

「よし。悪かったと思うなら、今ここで、その証拠を見せろ」

「証拠って……」

母の声に続いて、ベルトが外されるような音がした。

「口での奉仕に決まってるだろう。さっさとやれ」

「許して……ショウちゃん、お願い……」

「できないなら、またぶん殴るぞっ！」

父が再び声を荒らげた。

「もう、ぶたないで……」

「だったら、どうするんだ、瑠美子？　俺に引っ叩かれるか？　それとも、言われた通り、おとなしくこれを咥《くわ》えるか？　お前に選ばせてやる」

父が再び勝ち誇ったかのように言った。

無力な母に選択肢があるはずはなかった。

10.

窓に強く叩きつける雨粒の音が聞こえた。その雨音に混じって、くぐもった母の呻《うめ》き声が絶え間なく聞こえた。

「瑠美子、お前、ちょっと会わないうちにひどく老けちまってびっくりしたけど、フェラチオが上手《うま》くなってたことにも驚いたよ」

嬉《うれ》しそうな父の声が聞こえた。「それにしても、上手いなあ。本当に上手いよ。まさにフェラチオクィーンだ。ピンクサロンに勤めたら、間違いなく売れっ子になれるだろうな。瑠美子、お前はいったい誰に、こんなすごいテクニックを教え込まれたんだ？」

僕はそっと身を乗り出し、食器棚の陰から室内を覗《のぞ》き込んだ。

ひどく散らかった狭い室内には、予想していた通りの光景が広がっていた。床に仁王立ちになった男の足元に蹲《うずくま》った小柄な女が、ポニーテールにした髪を乱暴に鷲掴《わしづか》みにされてオーラルセックスを強いられていたのだ。

母の前に直立している父の足元には、足首まで引き下ろされたズボンと下着があった。父は両手で母の髪を強く摑み、その顔を勢いよく前後に動かしながら、自分も腰をリズミカルに打ち振っていた。

こちらに横顔を見せている母は、彫りの深い顔を苦しそうに歪《ゆが》め、目を閉じ、頬を凹ませ、口いっぱいに男性器を含んでいた。すぼめられた唇から、恐ろしく太い男性器が出たり入ったりしているのがよく見えた。口から溢《あふ》れ出た唾液《だえき》が、長い糸を引いて床に滴っているのも見えた。男性器が口の奥に深く押し込まれるたびに、母は塞《ふさ》がれた口から低い呻きを漏らした。

「瑠美子。お前、今までに何人の男のこれを咥えてきた？　十人か？　十五人か？　それとも、あんまり多すぎて数え切れないか？」

勝ち誇ったような笑みを浮かべた父が、嘲《あざけ》りを込めた口調で訊いた。父は本当に楽しそうだった。

歪んだ自尊心。

そんな言葉が頭に浮かんだ。

かつては有名楽団のピアノ奏者になるという夢を抱いていたというのに、今の父には自尊心を保つために、こんなにもつまらないことしかできないのだ。自分より力のない母を虐げ、罵ることでしか、自分の優位さを誇示することができないのだ。

実の父がそんなにも情けない男だということに、僕はひどく落胆した。

途中で母が男性器を吐き出し、顔を伏せ、身を捩《よじ》るようにして激しく咳《せ》き込んだ。

「ああっ、もうダメ……今夜は……今夜はもう許して……お願い、ショウちゃん……」

ようやく顔を上げた母が、頭上の父を見上げて訴えた。母の目からは大粒の涙が溢れ出ていた。平手で強く張られた頰が、今では真っ赤になって腫《は》れていた。

「黙れ、瑠美子。お前の口は喋《しゃべ》るためにあるんじゃなく、俺のこれを咥えるためだけにあるんだ。掃除も洗濯も料理もまともにできないんだから、得意分野に精を出すしかないんだよ。さっさと続けろ」

母の髪を再び鷲摑みにした父がそう命じ、いきり立っている男性器の先端を母の唇に強く押しつけた。

母は一瞬、悔しそうに顔を歪めた。だが、母にできるのは、涙を流し続けながらも、小さな口を大きく開くことだけだった。

男に口を犯されている母の姿を目にするのは、これが初めてではなかった。けれど、すぐそこで繰り広げられている光景のあまりの生々しさに、僕は凄《すさ》まじいまでの衝撃を覚えた。

ああっ、どうしていつもこうなんだ？　お母さんはどうして、いつまで経っても幸せになれないんだ？

心の中で僕はそんな叫び声をあげた。

両親の向こうには、汚れて破けた襖があった。きっと僕の弟は今、あの襖のすぐ向こうにいるのだろう。かつての僕と同じように、そこで震えながら涙を流しているのだろう。

母が再び男性器を吐き出し、さっきよりさらに激しく咳き込んだ。

「もう許して……これ以上続けたら、本当に吐いちゃう……お願い、ショウちゃん。今夜は、もう許して……ほかのことなら、何でもするから……だから、許して……」

長く続いた咳《せき》をようやく終えた母が、唾液を滴らせながら哀願した。

「何でもするんだな？　よし、わかった。だったら、裸になれ」

「ショウちゃん、わたし……」

「言われた通りにしろっ！　裸になったら、四《よ》つん這《ば》いになれっ！」

母を見下ろして父が声を凄《すご》ませた。その股間《こかん》では今も、母の唾液に濡《ぬ》れた男性器がいきり立っていた。

母は泣きながらも、ブラウスのボタンを上から順番にゆっくりと外し始めた。ブラウスの合わせ目から、淡いピンクのブラジャーが覗いた。

これ以上、見ていることはできなかった。

僕は再び食器棚の陰に身を隠し、ゆっくりと立ち上がった。そして、玄関のドアをそっと開き、体を表に出してから、薄汚れたそのドアを音がしないように静かに閉めた。

外では凄まじいまでの雨が続いていた。

11

プレハブハウスに戻ってからも雨が降り続いていた。耳をつんざくような雷鳴も轟《とどろ》き、僕は渋谷の事務所で李子さんが小澤義和をアイスピックで刺し殺した夜を思い出した。

その李子さんが帰宅したのは、午後九時を少しまわった時刻だった。

入浴を済ませた李子さんが食事を始める前に、僕は自分が見てきたことを伝えた。本当は食後にと思ったのだけれど、僕の顔を見た李子さんが「シュン、何かあったの？」と心配そうに尋ねたので、思わず話を始めてしまったのだ。

話をしているあいだ、李子さんは何も言わずに僕の顔を見つめ続けていた。

「それで、シュンは……何をしたいの？」

話が終わるのを待って、李子さんが静かな口調で尋ねた。李子さんがその質問をするのは二度目だった。

「あの……お母さんを助けてあげたい」

僕は視線をさまよわせながら、以前に訊かれた時と同じような返事をした。

「それは、つまり……その男を殺すっていうこと?」

李子さんが訊《き》き、僕は顔を俯《うつむ》かせた。

もちろん、それを考えていた。そうするほかに、方法がないと感じていたのだ。けれど、李子さんの口から『殺す』という言葉を聞いた瞬間、戦慄《せんりつ》が体を一直線に突き抜けた。

「あの人が……佐藤翔太郎がいる限り……お母さんは幸せになれないと思う」

僕は言った。『佐藤翔太郎』という名を口にしたのは、たぶん、それが初めてだった。

「その男が死んだら、お母さんは幸せになれるの?」

少し挑戦的な口調で李子さんが尋ね、僕は少し考えてから首を傾げた。

僕が知る限りでも、母は何人かの男たちと一緒に暮らしてきた。そういう男たちは誰も、最初のうちは優しかった。けれど、ほどなくして誰もが一様に、母に暴力を振るい、支配しようとするようになった。

だとしたら、もし、母の前から父を消し去ったとしても、やがてまた、同じことが繰り返されることになるのかもしれなかった。

いや……たぶん、そうなるのだろう。母はまた別の男と暮らし、その男から暴力を振るわれ、その男の意のままに生きることになるのだろう。そして、やがて、その男の死を望むようになるのだろう。

「幸せになれるかどうか、あの……それはわからないけど……でも、このまま放ってはおけないよ」

僕は顔を俯かせて、囁《ささや》くようにそう言った。

「その男はシュンの実の父親なのよ。それはわかっているのね？」

「わかっているよ……」

顔を俯かせたまま、僕はまた小声で答えた。

「いいわ。だったら、手伝ってあげる」

李子さんが言い、僕は静かに顔を上げた。

怖いほど真剣な顔をして、李子さんは僕を見つめていた。

「李子さん……手伝ってくれるの？」

「本当は手伝いたくないのよ。はっきり言って、シュンのお母さんは好きじゃないから。でも……シュンが警察に逮捕されるようなことになったら大変だから……わたしはシュンを絶対に失いたくないから……だから、そうならないように力を貸すよ」

急に優しい口調になった李子さんが言った。

「本当？」

「うん。だけど、人を殺すのはこれで終わりにしよう。こんなことを、いつまでも続けるのは危険すぎる」

化粧を落とした顔に、李子さんが優しい笑みを浮かべた。

「あの……どうやれば、上手《うま》くいくんだろう？」

「そうね。それはわたしが考える。シュンのお母さんとも相談する。だから、シュンは心配しないでいいよ」

「お母さんに、あの……僕がここにいることを教えるの？」

「教えないつもりよ。そのほうが、シュンもいいでしょう？」

李子さんが言い、僕は小さく頷《うなず》いた。

母には僕のことを知られたくなかった。それが母のためだと思った。

今、母が僕を思い出すことは、きっとまったくないのだろう。母の中にはもう、僕という人間は存在していないのだろう。

12.

その夜も僕は李子さんと、とても長いあいだ交わった。

李子さんと僕の母とでは、体つきも違っていたし、顔もまったく似ていなかった。それにもかかわらず、李子さんに身を重ねて腰を打ち振っているあいだずっと、僕は自分を産んだ女性に男性器を挿入しているような、極めて背徳的な思いに駆られていた。

最初の性交のあとで、李子さんがオーラルセックスをしてくれた。李子さんは嫌がったが、僕が『どうしても』と言って頼んだのだ。

李子さんはしかたがないという顔をして男性器を口に含んでくれたが、その時に僕は、悩ましげに歪《ゆが》められた李子さんの顔に、今夜の母の顔を……いきり立った父の性器を口に無理やり押し込まれていた母の辛《つら》そうな顔を重ね合わせていた。

少し前に読んだギリシャ神話にこんな物語があった。古代ギリシャの都市国家テーバイの国王だったラーイオスと、その妃《きさき》であるイオカステー、そして、ふたりのあいだに生まれた男の子の物語である。

テーバイの国王ラーイオスは、『もし、子供をもうければ、将来、その子は実の父を殺害し、実の母と性的な交わりを持つことになるだろう』という神託を受けた。

それでラーイオスは子供を作ることをためらっていたのだが、ある晩、酒に酔った勢いで妻のイオカステーと性行為をしてしまった。そのことによって、イオカステーは赤ん坊をみごもり、美しい男の子を出産した。

神託が現実のものとなることを恐れたラーイオスは、それを阻止するために生まれて間もない男の子を殺してしまおうと考えた。だが、実の子を殺すことはためらわれ、ブローチの針で男の子の踵《かかと》を刺して傷つけ、家臣のひとりに、まだ名前もない男の子を山の中に捨ててくるようにと命じた。

国王に命じられたものの、家臣は山中に捨てられる男の子をかわいそうに思った。そんなことをしたら、その美しい男の子は間もなく飢えて死ぬか、凍え死ぬか、野生動物の餌食になってしまうに違いなかった。

考えた末に家臣は、男の子を山の中に置き去りにすることはせず、そこでたまたま出会った羊飼いに託して立ち去った。

その時、羊飼いは預けられた男の子を、自分が暮らすコリントスの国王ポリュボスに差し出そうと考えた。妃とのあいだに子供ができず、国王が困っていたからだ。男の子は国王の子に相応《ふさわ》しい美しい容姿の持ち主だった。

羊飼いが思った通り、ポリュボスとその妃は、連れてこられた男の子をとても気に入り、自分たちの息子として育てることに決めた。ブローチで刺された男の子の踵が腫《は》れているのを見て、ポリュボスは彼にオイディプス（腫れた足）という名を与えた。

コリントス国王の息子としてオイディプスはすくすくと成長し、とても美しく逞《たくま》しい青年になった。

そんなある日、オイディプスは自分の実の父であるテーバイ国王ラーイオスと偶然、路上で出会い、どちらも道を譲らないというささいなことから口論になった。

激しい口論の果てに、オイディプスは目の前にいる横暴な男が自分の父親であるとは知らずに殺害してしまった。そのことによって、『実の父を殺害する』という最初の神託が成就した。

その後、オイディプスは隣国テーバイへと向かい、その地で、長いあいだ人々を苦しめていたスフィンクスという怪物の謎を解き、テーバイの人々を怪物の恐怖から解放した。

怪物退治の褒美は、テーバイの統治権と、前国王ラーイオスの妻だったイオカステーだった。

その約束通り、オイディプスはテーバイの国王の座に就き、実の母だとはまったく知らないままイオカステーを妻として娶《めと》った。そして、自分の妻となったイオカステーとのあいだにふたりの息子と、ふたりの娘をもうけた。

その時にはまだ、オイディプスもイオカステーも知らなかったが、『その子は実の父を殺害し、実の母と性的な交わりを持つことになる』という神託は現実のものとなったのだ。

やがて、ラーイオスとイオカステーが、オイディプスの実の父と母であるという事実が明らかになる時がきた。

実の息子と交わり、四人もの子を産んだという罪のおぞましさに耐えきれず、イオカステーは自らの手でその命を絶った。オイディプスのほうも半狂乱に陥って自分の手で両目をくり抜き、テーバイを去って流浪の旅に出た。

フロイトが提示した概念である『エディプス・コンプレックス』の語源となった有名な話だ。

それはただの神話だったし、こじつけのような部分もなくはなかったが、その物語を読んでいるあいだ、僕はオイディプスという人物を羨《うらや》ましく感じていた。そこには書かれていなかったにもかかわらず、オイディプスが実の母であるイオカステーと交わっている生々しい場面をさまざまに想像した。

もしかしたら、僕の中にも、父をこの世から消し去り、母と性的な関係を持ちたいという、歪んだ欲望が潜んでいるのかもしれなかった。

13.

『手伝う』という約束をしてから、李子さんは何度も母と連絡を取り、その方法を細かく相談しているようだった。

母は夫を殺害することに同意し、自分も手を貸すと言っているということだった。それだけでなく、殺害の現場に自分も居合わせたいと望んでいるらしかった。

父を殺さなくてはならないと考えていたにもかかわらず、実際に母がそれを望んでいるということに、さらには、死んでいく父の姿を目にしたいと言っていることに、僕は少なからぬショックを受けた。失望もした。

母には同意をして欲しくなかった。夫の死を望むような……ましてや、殺される夫の姿を目の当たりにしたいと考えているような……薄情で、残忍で、冷酷な人であって欲しくなかった。

だが、そうなのだ。母もまた、大平順平や村井直樹や笠井裕一郎の妻たちと同じなのだ。あの三人の女と同じように、かつて愛した男を心の底から憎悪し、この世から消えてもらいたいと思っているのだ。

お母さんはそういう人だったのか。

母を助けたいと思っていたにもかかわらず、僕は父を憐《あわ》れみもした。


何日にもわたって僕の母と話し合った末に、ついに李子さんは佐藤翔太郎を殺害する日取りや方法を決め、このプレハブハウスでその計画を僕に詳しく話した。父に口を犯されている母の姿を目撃してから、十日ほどがすぎた日のことだった。

計画を決行するのは父の四十一歳の誕生日で、母がその日を望んだのだという。

「シュン、本当にできる？」

僕の目を覗《のぞ》き込むかのように見つめた李子さんが、心配そうな口調で訊《き》いた。

僕は李子さんを見つめ返し、奥歯を嚙《か》み締めて無言で頷いた。

やるつもりだった。ギリシャ神話のオイディプスのように、実の父を亡き者にするつもりだった。


李子さんが佐藤翔太郎の殺害方法を話してくれてから、それを決行する日、父の四十一歳の誕生日までには、一週間ほどの時間があった。

その一週間を、僕はそれまでと同じようにすごした。モナカの世話をし、部屋や浴室やトイレの掃除を入念にし、すべての窓を磨き上げ、洗濯をしてきちんとアイロンをかけ、料理の本を見ながら李子さんのために食事を作るという、いつもながらの暮らしだ。ランニングマシンやフィットネスバイクで汗も流したし、Kindleで本を読んだり、ピアノを弾いたりもした。

けれど、心の中はそれまでと同じではなかった。何をしていても、父を殺すということが頭から離れることはなかった。

怖かった。できることなら、やりたくはなかった。実の父を殺すなんて、人間のすることではなかった。ましてや、あんなに残忍な方法で……。

李子さんは毎晩、性行為が終わると、たちまちにして眠りに落ちた。だが、僕はなかなか寝つけなかった。ようやく眠っても、すぐに目を覚まし、また父や母のことを考えた。

「やりたくなかったら、そう言っていいのよ。シュンのお母さんには、きっぱりと断るから」

ある晩、食事の途中で李子さんがそんな言葉を口にした。普通にすごしているつもりだったが、きっと僕の顔には思い詰めた気持ちが現れていたのだろう。

「大丈夫だよ。できるよ」

僕はそう返事をした。今さら、できないとは言えなかった。

14

いよいよ父を殺すという前の日の午後、僕はまたあのカフェに行った。そして、先日と同じ窓辺の席に座り、温かなダージリンを飲みながら、すぐそこに建つ古びた木造のアパートを見つめた。

何のために？

自分でも、理由ははっきりとはわからなかった。ただ、父を殺す前に、もう一度、母の顔を見たかった。弟の顔も見たかった。

前にスーパーマーケットでぶつかった女と同一人物だと母に気づかれないように、僕はあの時とは違う化粧をし、濃紺のスポーツウェアの上下を身につけ、黒いショートカットのカツラを被《かぶ》り、ランニングシューズを履いていた。

香りの高いダージリンを飲み、Kindleでフランソワーズ・サガンの長編小説を読みながら、何度となく窓の外に視線を向けた。

今年の夏はとても暑かったし、長かった。だが、その夏もようやく終わり、数日前からは秋らしい日が続いていた。きょうも朝から雲ひとつない晴天で、青い空がとても高くて、空気が乾いていた。吹き抜ける風は爽《さわ》やかで心地よかった。

いよいよあしただ。いよいよあした、僕は母と共謀して父を殺すのだ。

そんな思いが何度も心を乱し、なかなか読書に集中できなかった。

ベビーカーを押した母がアパートの外に姿を現したのは、カフェに来て一時間ほどがすぎた頃で、僕は新しく注文したアッサムの温かなミルクティーを飲んでいた。

母はぴったりとした黒い長袖《ながそで》のカットソーに、裾《すそ》の長いベージュのスカートという恰《かっ》好《こう》をしていた。いよいよあした、自分の夫が殺されるというのに、母はベビーカーの中の息子に笑顔で何かを話しかけていた。そんな楽しげな母の顔を目にしたのは、再会してから初めてのような気がした。

急いでカフェを出ると、僕はベビーカーを押して歩き始めた母の小さな背中を追った。

母が向かったのは、先日と同じ大手チェーンのスーパーマーケットだった。プラスティック製の買い物カゴに母が入れていたのは、きょうも賞味期限間近の値引きされた食品ばかりだったけれど、きょうの母は本当に上機嫌のようで、ベビーカーの中の僕の弟に絶えず笑顔で話しかけていた。

そう。母は楽しみにしているのだ。父がいなくなったあとの生活を思い、心を弾ませているのだ。

買い物の途中で母が息子に、「ジュンちゃん、ちょっとだけ、ここで待っていてね」と言ってベビーカーを店の隅に置き、自分は買い物客で混雑している安売りワゴンへと向かった。その隙に、僕はベビーカーに歩み寄り、そこに座っている弟の顔を間近から覗き込んだ。

弟は本当に可愛らしい顔をしていた。目が大きくて、鼻筋が通っていて、唇がとてもふっくらとしていた。これほど可愛い顔の子供を見るのは初めてのような気がした。

至近距離から見つめられた弟が、戸惑っているかのようにこちらを見つめた。

「こんにちは」

僕は笑みを浮かべて、弟にそう声をかけた。

『お兄ちゃんだよ』

そう言葉を続けようとした。けれど結局、その言葉は口から出なかった。

弟は相変わらず戸惑っているような顔をしていた。けれど、小さな声で「こんにちは」と返事をしてくれた。

ああっ、この子が弟なんだ。この子と僕は同じ両親から生まれたんだ。

そう考えると、特別な思いが胸に込み上げた。抱き締めたいとも感じた。

この子には幸せになって欲しかった。幼かった頃の僕のような思いは、絶対にして欲しくなかった。

だが、たとえあした、うまく父を殺害できたとしても、この子と母に幸せが訪れるという保証はどこにもなかった。

「あの……何か？」

母の声がして、僕は顔を上げた。

怪訝《けげん》そうな顔でこちらを見つめる母の視線と、僕のそれとが交錯した。やつれ果てた母の顔には、きょうも化粧っ気がなかった。

「あの……あんまり可愛い子だから、つい……」

母の顔を見つめて、小さな声で僕は言った。

「ありがとうございます」

ルージュのない唇のあいだから、白く揃った歯を覗かせて母が嬉《うれ》しそうに笑った。

「ジュンちゃん、このお姉さんが可愛いって言ってくれたわよ。よかったね」

母の言葉を理解したのか、弟が照れたように笑った。

僕は母に軽く頭を下げると、ふたりに背を向けて歩き始めた。たとえ変装をしていたとしても、あまり長いあいだ顔を見られたくはなかったから。

僕は本当に、弟の幸せを願っていた。だが、同時に、ちゃんと戸籍を持っている弟への嫉妬《しっと》心も感じていた。

歩いているうちに涙が込み上げてきた。僕はその涙を指先で拭《ぬぐ》った。

15.

翌日もまた雲ひとつない晴天で、澄み切った空が前日よりさらに高く感じられた。

父の四十一歳の誕生日のその午後、僕は李子さんの運転する白いアウディで世田谷区内のデザイナーズの建物へと向かった。両親の暮らすアパートから歩いて十五分ほどのところにある、灰色のコンクリートが剝《む》き出しの、円筒形をした平べったい平屋の建造物だった。建物の周りは白く塗られた高い塀でぐるりと囲まれていて、外からは覗き込めないようになっていた。

撮影会や展示会、パーティーや謝恩会、演奏会や料理の講習会などに使われることが多いというその建築物を、李子さんはきょうとあしたの二日間の予定で借りていた。父を確実に殺害し、死体を誰にも目撃されずに運び出すために、李子さんは予約の前に僕の母とふたりで建物の内外を入念に下見していた。

建物の半分は半円形をした屋根付きのガレージになっていて、李子さんは運転してきた車をそこに停めた。

「すごくお洒落《しゃれ》な造りの建物なんだね」

車の中から辺りを見まわして僕は言った。パソコンの画面では見ていたけれど、これほど大きくて凝った造りだとは思わなかった。

ガレージの向こう側はガラス張りになっていて、そのガラスの向こう側にガレージと同じ広さの半円形の部屋があった。その部屋は天井がとても高くて、大きな窓がいくつもあって、清潔で明るくて広々としていた。床と天井は剝き出しのコンクリートで、ガレージに面した壁だけが上から下までガラス張りだった。

「さあ、行きましょう」

李子さんが言い、僕は大きなバスケットとクーラーボックスを下げて、先に歩き出した李子さんに続いて室内に足を踏み入れた。ずっしりと重いバスケットやクーラーボックスには、さまざまな食材と、ワインやビールやリキュール類などが入っていた。

李子さんによれば、ガレージに面した半円形の部屋の広さは百八十平方メートルのようだった。とても広いその空間には、十人ほどが座れるテーブルのセットと、美しいファブリックの張られた大きなソファのセットが置かれていた。部屋の片隅には六つものIHクッキングヒーターを備えた本格的なキッチンがあったし、超大型の冷蔵庫や電子レンジやオーブンもあった。僕たちが使う予定はなかったが、スクリーンやそこに映像を投影するプロジェクターも置かれていた。

壁沿いに据えつけられた巨大な棚には、洒落た食器やグラスがずらりと並べられていた。鍋《なべ》やフライパンなどもいくつも用意されていた。調味料もふんだんにあった。それらはどれも、自由に使っていいようだった。

部屋に入るとすぐに、僕はコンクリートの天井に視線を向けた。天井の高さは四メートル以上あるということで、そのいたるところに、いろいろなものをぶら下げることができるようにと、金属製のフックがいくつも取りつけられていた。

演奏会に使われることもあるという室内は、防音性がとても高いようだった。これなら、父がどれほど大声で叫ぼうと、近所の人に聞かれてしまう恐れはなさそうだった。

緩やかなカーブを描いたガラス窓の外は手入れの行き届いた庭になっていて、その向こうは真っ白な高い塀だった。英国庭園風のその庭では、色とりどりの薔薇《ばら》が花を広げていた。

「ここの賃料は、あの……李子さんが払ったの？」

「ええ、そうよ」

「僕のお母さんのために？」

「シュンのためによ。さあ、シュン、さっさと準備を始めましょう」

李子さんが言い、僕は顔を強《こわ》ばらせて小さく頷《うなず》いた。

李子さんの顔には、きょうも入念な化粧が施されていた。白い半袖《はんそで》のブラウスに、ぴったりとした膝丈《ひざたけ》のスカートといういつもながらの恰好だったけれど、きょうは給仕をしなければならないので、クリスチャン・ルブタンではなく、踵《かかと》の低い地味なパンプスを履いていた。

僕のほうは李子さんが用意してくれた白い長袖のコックコートを身につけ、白くて長いトックブランシュを被《かぶ》り、黒いソムリエエプロンを腰に巻いていた。母に気づかれないために、僕も濃密な化粧を施していた。

16.

僕はすぐにキッチンに立って、今夜の食事の下ごしらえを始めた。

ふだんの李子さんは調理にはまったく携わらなかった。だが、きょうは僕の隣でアシスタントとして、野菜を洗ったり、それを刻んだり、下茹《したゆ》でをしたりと甲斐甲斐《かいがい》しく働いていた。

意外なことに、李子さんの包丁さばきはなかなかのものだった。

「李子さん、包丁が使えるんですね」

キッチンの中を忙しく動きまわりながら僕は言った。

「馬鹿にしないで。これぐらいは朝飯前よ」

少し得意げな顔をして李子さんが笑った。

李子さんと一緒に食事を作るのは新鮮だったし、楽しくもあった。こんな時でなかったら、心を弾ませていたかもしれなかった。だが、今の気持ちは『楽しい』という感情からはかけ離れたものだった。

李子さんと母の立てた計画では、これから母は父と一緒にここに食事に来ることになっていた。父の四十一歳の誕生日を、この洒落たスペースに出張料理人を招いて祝うというのが口実で、李子さんは都内のイタリア料理店のオーナーで、僕がその店の料理人のひとりを演じることになっていた。

そう。父はここで、実の息子の作った料理を食べてから殺されるのだ。

父の最後の晩餐《ばんさん》として、どんな料理を提供するか、僕は何日にもわたって考えた。たとえ父がどれほどひどい男だったとしても、人生で最後の食事を美味《おい》しく、楽しく食べてもらいたかった。父の嫌いな食べ物や、食べられない食材は、あらかじめ李子さんに母から訊《き》いてもらっていた。

父の人生最後となるメニューは、ジャガイモとリンゴのサラダと、押し麦とニンジンのスープ、ソーセージとオリーブの実とアンチョビという三種類の一口パイ、タコとセロリのマリネ、カブとルッコラとパプリカを添えたヒラメのカルパッチョ、イカとカラスミのスパゲティ、それに、父の好物だというラム肉のステーキにラタトゥイユを添えて出すつもりだった。

ワインは李子さんが料理に合わせて選んでくれた。食前酒はヴァン・ドゥ・ナチュレールという極甘口の赤ワインで、父と母と李子さんが生まれた年に収穫した葡萄《ぶどう》で作られたものだった。極甘口のワインは、長期の保存に耐えるのだと李子さんから聞いていた。

本当はデザートも用意するつもりだった。だが、李子さんが『それはいらない』と言うので、デザートを考えるのはやめた。母と李子さんの計画では、父はデザートを食べる前に死ぬことになっていた。

「たったこれだけのものなのに、作るのはすごく大変なのね」

ジャガイモやリンゴの皮を剝きながら李子さんが言った。「シュンはいつも、わたしのためにこうして作ってくれているのね。ありがとう」

その言葉に、僕はぎこちない笑みを浮かべて頷いた。

こんなに嫌な気持ちで料理をするのは、覚えている限り初めてだった。逃げ出したかった。実の父親の最後の晩餐なんて、作りたくなかった。

父と母が来る三十分ほど前に、ほとんどの料理の下ごしらえを終えた。秋の日は短くて、窓の外はすっかり暗くなっていた。

「無事に間に合ったわね」

ホッとしたように李子さんが言い、僕は顔を強ばらせて頷いた。

この部屋には数種類のプレーヤーがあり、大きなスピーカーも据えつけられていた。レコードやCDも豊富に用意されていた。両親の訪れを待つあいだ、僕たちは背の高い椅子に腰掛けて僕が作ったサンドイッチを食べ、持参したダージリンを飲みながら、そのプレーヤーでサンソン・フランソワのショパンを聴いた。

一九七〇年に四十六歳という若さで亡くなったフランス人ピアニストのフランソワは、子供の頃から天才と言われていたようだった。酒と煙草を愛した彼は、ベートーヴェンが大嫌いだったとされている。だからきっと彼は、『エリーゼのために』を弾くことはなかったのだろう。

「当たり前のことだけど、この人、ものすごく上手《うま》いね」

フランソワのピアノの旋律に耳を傾けながら僕は言った。僕は彼のピアノが好きだった。

「シュンだって、負けてないよ」

李子さんはそう言ってくれたけれど、そんなことがあるはずはなかった。

ハムとチーズとたっぷりのレタスを挟んだサンドイッチを、李子さんは美味しそうに頬張っていた。けれど、僕は強い吐き気を感じていて、サンドイッチに手をつけることができなかった。

17.

音量を抑えたフランソワのピアノが響き続けるその空間に、僕の両親は約束の午後六時を少しまわった時刻にやって来た。予定通り、息子のジュンイチは近所に暮らす母の友人に預けてきたらしく、訪れたのは父と母のふたりだけだった。

父は白い長袖《ながそで》のボタンダウンシャツに、だぶだぶの黒いズボンという恰好《かっこう》で、茶色い革製のショートブーツを履いていた。母は裾《すそ》の長いサックスカラーのノースリーブのワンピース姿で、白くて薄い化繊のカーディガンを羽織っていた。足元は、踵の低い白いストラップサンダルだった。

いつもとは違い、母の顔にはしっかりとした化粧が施されていた。細くて長い首には銀色のネックレスが巻かれていたし、切り詰められた手の爪には淡いピンクのエナメルが、サンダルから覗《のぞ》く足の爪には濃いブルーのエナメルが塗られていた。

そんなふうに装うと、母はいくらか若々しく見えたし、色っぽくも感じられた。

李子さんが建物の入口で僕の両親を、「佐藤さま、お待ちしていました」と言って頭を下げ、うやうやしい態度で出迎えた。その演技はなかなかのものだった。

「いやあ、すごいところだなあ。驚いたよ」

室内を見まわした父が、文字通り、目を丸くして言った。「瑠美子。あの……金のほうは大丈夫なのか？」

「お金のことは心配しないで。きょうは特別な日だから」

父にそう言ってから、母がこちらに顔を向けた。

その瞬間、僕はゾッとして目を逸《そ》らした。悪魔に見つめられたように感じたのだ。

李子さんが両親をテーブルに案内し、ふたりはとても大きな細長いテーブルに向き合うようにして腰を下ろした。

そんな両親に何度か視線を向けながら、僕はジャガイモとリンゴのサラダを洒落《しゃれ》た白い皿に盛りつけ、冷蔵庫から出した三種類の一口パイを加熱してあったオーブンに入れた。

指が震えていた。緊張と恐怖で、口の中がカラカラだった。

僕が作った料理の数々を、父は「美味《うま》いなあ」と繰り返しながら上機嫌で口に運び続けた。父はまずジョッキに注がれたビールを飲み、極甘口のヴァン・ドゥ・ナチュレールを味わい、その後は料理ごとに李子さんがグラスに注いだ白や赤のワインを飲んでいた。母もワインを口にしていた。

父は本当に機嫌がよくて、ハンサムなその顔に絶えず笑みを浮かべていた。換気扇の音がうるさかったから、キッチンにいる僕には会話の内容はほとんど聞こえなかったが、父と母はずっと笑顔で食事を続けていた。

そんなふたりの姿は仲のいい夫婦に見えた。少なくとも、母が父の死を望んでいるようには見えなかった。

そして僕は、母が考えを変えてくれることを祈った。母が『やっぱり計画は中止にします』と言い出すことを。

メインディッシュの前に父がトイレに立った。その時に李子さんが母に歩み寄って小声で話しかけた。僕には聞こえなかったけれど、本当に計画を実行するつもりなのかを確認しに行ったようだった。

中止になれ。せめて、別の日に延期されろ。

僕はそれを切望した。

父がトイレから戻ってくる前に、李子さんがキッチンにやって来た。

「変更はないみたい」

思い詰めたような顔をした李子さんが小さな声で告げた。

僕は唇を嚙《か》み締めた。一段と強い吐き気が込み上げ、全身がさらに激しく震えるのが、はっきりと感じられた。

やがて父が戻ってきた。その顔は毎朝、顔を洗う時に鏡に映っている男の顔によく似ているようにも思えた。

18.

人生の最後の料理であるラムステーキを父が美味《おい》しそうに食べ始め、僕の緊張と恐怖は最高潮に達した。吐き気はさらに強くなっていたし、頭もずきずきと痛み始めていた。けれど、ここまで来たからには、逃げ出すわけにはいかなかった。

父がナイフとフォークを置いたのを合図に、李子さんがアンプのスイッチを切り、僕は換気扇を消した。その瞬間、広々とした空間に怖いほどの静寂が満ちた。

李子さんがあらかじめ用意してあった黒い革製の手袋を嵌《は》めた。僕もまた、ポケットから同じものを取り出し、ぴったりとしたそれを震え続けている両手に嵌めた。

「ショウちゃん、実はサプライズがあるの」

ついに母がその言葉を口にした。室内が静かになったために、その声がキッチンにいる僕にもとてもよく聞こえた。

「サプライズだって？　いったい、何だい？」

父が嬉《うれ》しそうな顔でそう口にした。ハンサムな顔はアルコールの酔いで赤く染まっていた。

「内緒よ。サプライズだもん。ちょっと目隠しをさせてね」

母が椅子から立ち上がり、座ったままの父の背後にまわった。

「目隠しなんて、大袈裟《おおげさ》だな」

父が笑った。ステーキの油で光る唇のあいだから白い歯が見えた。

父の背後に立った母は、バッグから黒くて細長いサテンの布を取り出し、それを父の目の部分に被《かぶ》せてから、後頭部でしっかりと結び合わせた。

「立ち上がって、ショウちゃん。手も軽く縛らせて」

「どうして手まで縛る必要があるんだ？」

そう言いながらも、父がゆっくりと立ち上がった。

「それは内緒。サプライズだもん」

楽しげな口調で言うと、母が目隠しに使ったのと同じ布を取り出し、父の左右の手首を後ろ手にしっかりと縛りつけた。

「随分と強く縛るんだな」

父がまた笑った。

「ほんの少しの辛抱よ。さあ、ショウちゃん、それじゃ、わたしと一緒に歩くわよ」

「どこに行くんだ？」

「すぐにわかるわよ」

母が自分の右腕を父の左の腕に絡め、半円形をした部屋の奥、自分たちがいたテーブルからは死角になっていた場所へと歩き始めた。酔っ払っているらしい父の足取りは、少しおぼつかなかった。

革手袋を両手に嵌めたまま、李子さんと僕も同じ方向へと向かった。

脚が信じられないほどに震えていた。まるでこれから、自分が処刑されるかのような気持ちだった。

母が立ち止まり、父も足を止めた。彼らの真上の天井には黒い鉄製のフックが取りつけられていた。三百キロまでの荷重に耐えられるという頑丈なフックだった。

そのフックには大きな滑車が吊《つ》り下げられていて、その滑車から太くて白いナイロン製のロープが垂れ下がっていた。ロープの一端は結ばれていなかったが、もう一端には直径三十センチほどの輪が作られていた。

それが父の絞首台だった。

李子さんと僕はロープの一端、結び目のないほうを、手袋をした両手でしっかりと握り締めた。そして、それを少しだけ引っ張って、輪になった部分がちょうど父の顔の高さになるように調節した。

胃がひくひくと痙攣《けいれん》し、今にも嘔吐《おうと》してしまいそうだった。心臓は息苦しくなるほど激しく鼓動をしていた。僕と一緒にロープを握っている李子さんの顔も、見たことがないほどに強《こわ》ばっていた。

「ショウちゃん、ちょっとこのまま待っててね」

母が父にそう言いながら、三メートルほど離れたところに立っている李子さんと僕に視線を向けた。

その瞬間、僕はまた、悪魔に見つめられたように感じた。

「おいおい、いったい何が起きるんだ？　じらさないで教えてくれよ」

相変わらず、白い歯を見せて、父が上機嫌で尋ねた。

「いいから、少しだけじっとしていて」

すぐに母がロープの輪を手に取り、ハワイの少女たちが観光客に美しいレイでもかけるように、細くて長い父の首にそっとかけた。

19.

その瞬間、父が異常に気づいた。

「おいっ、瑠美子、これは……」

だが、父の言葉は、そこで突如として途切れた。李子さんと僕が、手袋を嵌めた両手で渾身《こんしん》の力を込めてロープを引っ張ったからだ。

そのことによって、父の履いたショートブーツが床から離れ、長身の体が宙にふわりと浮き上がった。ナイロン製のロープが、首の皮膚にガッチリと食い込むのが見えた。

「うっ……ぐっ……ぐううっ……」

目隠しをされた上に後ろ手に縛られた父が、二本の脚を激しくばたつかせて猛烈に身《み》悶《もだ》えした。

父の体重を受けたロープが、ものすごい力で引っ張られた。李子さんと僕は引きずられないように必死で足を踏ん張ったが、その足が磨き上げられたフローリングの床の上でずるずると滑った。

それはまるで綱引きをしているかのようだった。ロープと手袋が絶えず擦《こす》れ合い、火傷《やけど》するほどの摩擦熱が発生した。

滑車があるにもかかわらず、李子さんと僕は父の体重を受け止めきれず、少しずつ引きずられていき、ついに父のショートブーツの爪先がフローリングの床に再び触れた。

父の口からは言葉にならない声が漏れ続けていた。

「頑張って、シュンっ！　瑠美子さんも手を貸してっ！　早くしてっ！」

李子さんが叫び、母が綱引きに加わり、三人で力を合わせてロープをさらに強く引いた。

母の加勢を得たことによって、父の体が再び高く持ち上がり、爪先が再び床を離れ、床から三十センチほどの高さに浮き上がった。

「ぐっ……ぐっ……うぐうっ……」

父はてるてる坊主のように宙《ちゅう》吊《づ》りになりながらも呻《うめ》きを漏らし続け、男にしては華奢《きゃしゃ》な体を芋虫のように捩《よじ》ってさらに激しく悶《もだ》えた。そのことによって、父の体は左側に回転を始めた。目隠しをされていても、父の顔が苦痛と恐怖に歪《ゆが》んでいるのが見て取れた。

父が悶えるたびに、ロープが激しく引っ張られ、僕たちは引きずられないように懸命に足を踏ん張った。

「ショウちゃん、死んでっ！　もう諦《あきら》めてっ！」

僕のすぐ隣で、母が叫ぶかのように言った。

その言葉は衝撃的だった。

それ以上は見ていられず、僕は目を閉じた。けれど、ロープを引く力を緩めることはしなかった。

どのくらいのあいだ、残虐な綱引きを続けていたのだろう。やがて父の呻きが聞こえなくなった。握り締めたロープにも、父の体から伝わってくる反動が消えた。

「死んだみたいね」

李子さんの声が聞こえ、僕は恐る恐る目を開いた。

天井からロープでぶら下がっている父の姿が見えた。父の体は時計の振り子のように揺れていたし、今もゆっくりと回転していた。けれど、その脚はもうピクリとも動いていなかった。

そう。刑は執行されたのだ。

20

床に下ろした父の体を、李子さんと母がふたりで入念に確認し始めた。だが、僕は見ていることができず、トイレに駆け込み、ひんやりとした便器を抱くようにして嘔吐した。

空腹だったから、口から出たのは黄色い胃液だけだった。吐いたにもかかわらず吐き気は消えず、僕はとても長いあいだ、身を捩るようにして嘔吐を続けた。

気がつくと、目には涙が浮かんでいた。けれど、それが悲しみからくるものなのか、嘔吐していることによるものなのかは、よくわからなかった。

頭がずきずきと痛んだ。力任せにロープを引っ張り続けていたために、体は汗に塗《まみ》れていた。

手袋を外し、うがいをし、涙を拭《ぬぐ》い、鼻をかんだ僕がトイレから出た時には、李子さんと母は床に仰向《あおむ》けに横たわっている父の傍に立っていた。父は両腕と両脚を投げ出すような姿勢で床に横たわっていた。

トイレから出て来た僕を見つめた李子さんが、険しい表情を浮かべてゆっくりと、だが深く頷《うなず》いた。

そう。父は死んだのだ。もう二度と母を殴ることも、力ずくで犯すこともできなくなったのだ。

父の目の部分を隠していた黒い布はすでに外されていた。目を閉じたその顔は、苦痛に歪んでいるようなことはなく、眠っているかのように穏やかだった。

「沼澤先生、ありがとうございました。あの……あなたも、いろいろと手を貸していただいて、ありがとうございました」

母がそんな言葉を口にした。

李子さんは返事をしなかった。ただ、頷いただけだった。

「それじゃあ、あとのことはわたしたちに任せてください。もう、お帰りになってもらって結構です」

李子さんが淡々とした口調で……いや、刺々《とげとげ》しくも聞こえる口調で母に言った。

21

建物から出て行く時に、母が足を止め、僕の顔をまじまじと見つめた。

僕は思わず顔を俯《うつむ》けた。

「沼澤先生、あの……さっき、この人のことをシュンって言いませんでしたか？」

母は今も僕の顔を見つめ続けていた。

「そんなこと、言っていないと思いますけど……」

李子さんが答えた。

母がさらに何か言うのだろうと思った。けれど、それ以上は何も言わずに建物から出て行った。

僕は見えなくなるまで、母の小さな背中を見つめていた。きっと、もう二度と、その姿を目にすることはないだろう。

22.

母を帰宅させてから、李子さんと僕はふたりで力を合わせて、父の死体をアウディの後部座席に運び込んだ。

父に触れるのは、生まれてから初めてだった。死の間際まで悶絶《もんぜつ》を続けた父の体は、今もとても温かかった。

「シュン、大丈夫？」

運転席に座った李子さんが、心配そうな顔をして尋ねた。

「うん。大丈夫だよ」

僕は助手席で、李子さんの顔は見ずにそう答えた。

父の死体は今夜のうちに、あの家の庭に埋めてしまう予定だった。僕たちは何日か前に、父の墓穴となるはずの大きな穴を裏庭に掘ってあった。

李子さんは疲れ切ったような顔をしていた。僕もまた、目を開けているのが辛《つら》いほどに疲れていた。

すぐに李子さんが車を発進させた。

二日間の予定で借りたこの建物は、きちんと片付けをして、使用したグラスや鍋《なべ》や食器類を食器洗浄機に入れてから返却することになっていた。

最初の計画では、今夜のうちに後片付けを済ませてしまうつもりだった。けれど、李子さんの提案で、室内の片付けや食器類の洗浄は、またあした来てすることにした。

僕たちはそれほど疲れていた。

車の時計に目をやると、時刻は午後八時を少しまわっていた。

赤信号で車が止まった時に、李子さんがさっきと同じことを訊《き》いた。

「シュン、大丈夫？」

「うん。大丈夫だよ」

僕は強《こわ》ばった顔を歪めるようにして笑った。

父の墓穴は小澤義和という大男や、笠井裕一郎というサディストを埋めた穴のすぐそばに掘ってあった。

父の死体を穴の中に入れる前に、僕は李子さんの目を盗むようにして、一瞬、父の右手を自分の右手で握り締めた。父の手も僕のそれも、どちらも女のようにほっそりとしていて、指がとても長かった。

墓穴の底に横たえた父の死体にスコップで土を被《かぶ》せているあいだずっと、四方八方から虫たちの声が聞こえた。晴れた夜空には月が浮かび、いくつもの星が瞬いていた。汗ばんだ体に、吹き抜ける風が心地よかった。

李子さんは無言だったし、僕もまた何も言わず父の体に湿った土を被せ続けた。

ああっ、ここには三人もの男たちの死体が埋められたんだ。

スコップを動かしていると、いろいろな想いが胸に込み上げてきた。だが、意識的に頭の中を空っぽにして作業を続けた。

父の埋葬を終えた時には、時計の針は午後九時を指そうとしていた。

李子さんはプレハブハウスに泊まっていきたいと言った。けれど、僕はそれを断った。今夜だけは、ひとりきりになりたかった。

「わかった。それじゃあ、今夜は母家に戻るね」

「ごめんね、李子さん」

「いいのよ、シュン。でも、あの……本当に大丈夫?」

李子さんがまたしても同じことを訊いた。

その言葉に僕は無言で頷き、また顔を歪めるようにして笑った。

エピローグ

プレハブハウスにひとりで戻った僕を、モナカが玄関で迎えてくれた。

「ただいま、モナカ」

こちらを見上げている三毛猫の小さな顔を見つめて、僕はそう声をかけた。

その言葉を聞いたモナカが、まるで返事をするかのように小さな声で鳴いた。いつもおとなしいモナカがそんな声を出すのは、とても珍しいことだった。

「どうした、モナカ？」

僕は玄関で腰を屈《かが》めた。すると、モナカが鳴きながら歩み寄ってきて、ほっそりとした体を僕に何度も擦《こす》りつけた。

「ひとりで寂しかったのか？」

しなやかで柔らかなモナカの体を抱きしめて言った。その瞬間、目頭が急に熱くなり、視界が涙で霞《かす》んだ。

何も食べていなかったけれど空腹は感じなかった。

浴室で髪と体を洗って木綿のパジャマを着てから、ベッドではなく、部屋の真ん中に置かれたグランドピアノへと向かった。

鍵盤《けんばん》に指を載せて、何か弾こうとした。けれど、指は動かなかった。

ふと、母のことが頭に浮かんだ。今夜、母は、僕に気づいたのだろうか？

さらに考えた。

なぜ、母は僕を捨てたのだろう？　時には、僕を思い出すことはあるのだろうか？

もし今夜、僕が名乗り出たら、いったいどんな反応をしたのだろう？

考えてみても、しかたのないことばかりだった。

「馬鹿馬鹿しい……馬鹿馬鹿しい……」

気がつくと、そう呟《つぶや》いていた。センチメンタルになっている自分自身が馬鹿馬鹿しかった。

「馬鹿馬鹿しい……馬鹿馬鹿しい……」

僕はまた同じ言葉を呟いた。

その瞬間、急に膝《ひざ》にモナカが飛び乗ってきた。

膝の上でモナカが、少しだけ首を傾げて僕の顔を見つめた。

僕はふーっと長く息を吐き出して笑った。

「モナカ、好きだよ……モナカ……モナカ……」

何度かそう繰り返した。

どういうわけか、また涙が出てきた。

その僕の顔を、モナカが不思議そうに見つめた。

僕はモナカの頭を何度か軽く撫《な》でてやった。そして、もう一度、長く息を吐き出し、そっと目を閉じてから、静かに指を動かしてショパンの『別れの曲』を弾き始めた。

目を閉じたことによって溢《あふ》れた涙が、頰を伝っていくのがわかった。

弾きながら、今度は口に出さずに呟いた。

さようなら、お母さん……さようなら、お父さん……さようなら、ジュンイチ……さようなら、お母さん……お母さん……お母さん……。


「ここを出ていこうかな？」

急にそんな言葉が漏れた。その言葉に僕自身が驚いて、ピアノを弾く指を止めた。

ここを出ていく？

なぜ、そんなことを口にしたのか、僕自身にもよくわからなかった。

「出ていけないよ。出ていけるわけがないだろう」

僕はまた、声に出して言った。『出ていく』という考えは、あまりにも突拍子もなかった。

けれど、その瞬間から、ここを出ていくという考えが、急に現実味を帯び始めた。

出ていく？　そんなことが、本当にできるの？

涙に潤む目で、鍵盤の上のほっそりとした指を見つめた。

母ガモのような李子さんの羽に守られているのは楽だった。その羽の下はとても心地よかったし、そこにいれば仔《こ》ガモのように安心していられた。

それでも、李子さんの愛玩《あいがん》動物であるかのような生き方に辟易《へきえき》してもいた。

きょうまでの僕は李子さんのペットだった。李子さんの目を楽しませる羽の美しいインコであり、鮮やかな色をした熱帯魚だった。

せっかく人間として生まれてきたのに、愛玩動物で人生を終えたくはなかった。お金を稼ぎたかった。そのお金で生きていきたかった。そしてできれば、誰かのためになるような生き方をしたかった。

ずっと戸籍はいらないと思ってきた。けれど、ひとりの人間として生きていくためには、この国ではどうしても戸籍が必要だった。

戸籍があれば働けるかもしれない。パスポートも取れるし、運転免許証も取得できる。保険証だって手に入るし、年金も始められる。

人間になりたい。『佐藤峻』という名前を持った人間になりたい。

生まれて初めて、僕はそれを切望した。

李子さんに相談して、戸籍の取得申請をしよう。そして、できるだけ早く……どんなに遅くとも一年以内に、李子さんの力に頼らず生きていけるようになろう。

鍵盤の上の指を見つめて、僕はそう決意した。

親からはぐれたカルガモの雛《ひな》のことを、また思い出した。自分ひとりの力で、必死で生き延びようとしていたあの小さな生命体のことを。

目を閉じたまま、僕はまた指を動かし始めた。静かな部屋の中に、妙子さんが好きだった『エリーゼのために』が響き始めた。

来年の今頃、僕はどこで、どんなふうに生きているのだろう？

そう考えると、少しわくわくした。荒れ狂う嵐の海に、小さな舟で漕《こ》ぎ出《い》でるような気分だった。

大丈夫。この小舟で、嵐の海を乗り越える。あの雛のように、何としてでも生き延びる。

ピアノを弾き続けながらそっと目を開くと、膝の上にいるモナカが僕を見上げ、また小さな声で鳴いた。

あとがき

十八年間あまり一緒に暮らしていたペルシャ猫（チンチラ）のお菊《きく》が死んだ。九月十一日の午前〇時すぎのことで、夜の空には美しい中秋の名月が浮かんでいた。

我が家ではずっと女王陛下のように暮らしていたお菊だったから、わざわざそんな美しい夜を選んで星になったようにも感じられた。

女王陛下。

まさにその言葉が、お菊にはぴったりだった。

お菊は仔猫《こねこ》の時から気が強く、触られるのが大嫌いで、妻にも僕にも甘えようとはしなかった。冬場は執筆をしている僕の膝《ひざ》に乗ってきたり、夫婦のベッドで一緒に寝たりもしたけれど、それは単に暖を取るためで、甘えていたわけではなかった。

お菊はひとりきりでいるのが好きだった。その後、我が家は二度にわたって仔猫を迎え入れたが、その二頭とお菊が仲良くすることはなかった。

人も猫も好きではなかったけれど、お菊は家具で爪研ぎをしたり、飾ってある物を落として壊したりするようなことはまったくなく、とてもおとなしくて、飼いやすい猫でもあった。お菊にはそんなつもりはなかったろうが、それまで飼っていたパグ犬を亡くして沈み込んでいた僕たち夫婦を、彼女は随分と支えてくれたものだった。

ほかの二頭の猫たちに比べると、極めて不活発だったお菊が急に活発になったのは、三年ほど前のことだった。あんなに動かない猫だったのに、意味もなく歩きまわり、たくさんの水を飲むようになり、食べても、食べても体重がどんどん落ちていった。

それはちょっと異常に見えたが、食べているうちはまだよかった。だが、ある日、突如として、食べ物をまったく受けつけなくなってしまった。

心配した僕たちはお菊を動物病院に連れて行き、そこで獣医師から甲状腺機能亢進症《こうじょうせんきのうこうしんしょう》という病名が告げられた。その時、お菊の体重は最高時の半分近くにまで減少していた。

甲状腺機能亢進症には特効薬があり、僕は毎日、朝と夜にお菊の口の中にその錠剤を無理やり押し込むということを続けた。その薬はよく効いて、一時は体重も元に戻り、僕たち夫婦は胸を撫《な》で下ろした。

だが、時間の経過とともに、今度は心臓や肝臓、腎臓《じんぞう》などの機能も落ち始めた。便秘のせいで極度の食欲不振も頻繁にやって来て、体重がまたしても減少を始めた。

お菊が食べられなくなり、ぐったりとなってしまうたびに、僕たちは動物病院に連れて行き、点滴をしてもらったり、血液検査をしてもらったりということを繰り返した。

お菊は触られるのが大嫌いだから、何人もの看護師に力ずくで押さえ込まれ、痩《や》せ衰えた体に採血や点滴の針を刺されるたびに、病院中に響き渡るような大声で鳴き叫んだ。その姿は見ているのが辛《つら》くなるほどだった。

やがて甲状腺の薬だけでなく、心臓の薬や血管を広げる薬も飲ませるようになった。それらの薬は、最初は効いた。だが、すぐに効果が薄くなり、その量は半年ごとに増加していった。

それはまさに『薬漬け』という感じだった。食欲のない時には、嫌がるお菊に強制的に給餌《きゅうじ》や給水も行なった。

それは一日でも長く生き延びさせるためだった。

僕は妻に自分の時には延命治療をしないでほしいと言っているし、妻も僕と同じ考えのようだった。だが、僕たち夫婦がお菊にしていたことは、無理な延命治療にほかならなかった。

病院で死んだパグ犬とは違い、お菊は自宅で看取《みと》ることができた。だが、死ぬ前の二時間ほどは見ていられないほど苦しんだ。

だから、息をしなくなった瞬間には、夫婦で涙しながらも、『ああっ、これで楽になれたのだ』と思って安堵《あんど》もした。

パグ犬が死んだ時、妻は二年以上にわたってペットロスに苦しみ、毎日のように泣いていた。けれど、今回は二日泣いただけだった。

やるべきことは、すべてしてやった。お菊の魂は、もう安らかなのだ。

妻も僕も、そんな気持ちだった。

かつての僕は、神も仏も信じなかった。天国も地獄も信じなかった。けれど、今は、そういうものの存在を信じたいような気持ちになることもある。お菊。十八年も一緒にいてくれてありがとう。また、どこかで会えたらいいな。でも、お菊は触られるのが大嫌いだから、もしまた会えたとしても、撫でさせてはくれないんだろうな。

本文中に書いたカルガモの雛の話は実話である。僕は一ヶ月近くにわたって、親やきょうだいたちとはぐれた雛を毎日のように観察し、雛が成鳥になるのを見届けた。あの時は、奇跡に立ち会ったような気がした。

僕の計算が正しければ、本作品が新刊としては七十一冊目ということになる。この十月でデビューしてから二十九年。こんなにも長いあいだ、こんなにもたくさんの本を書き続けてこられたのは、読んでいただいているみなさまのおかげです。ありがとうございます。これからも真摯《しんし》に、必死で、書き続けます。みなさまが楽しめるような作品を書きます。

もう少しのあいだ、応援を続けていただければ幸いです。

最後になってしまったが、角川ホラー文庫の編集長・岡田博幸氏と、担当編集者の伊藤泰平氏には構想の段階からとてもお世話になった。この場を借りておふたりに感謝の言葉を捧《ささ》げたい。

岡田さん、伊藤さん、ありがとうございました。これからも一生懸命に書き続けます。どうぞ、末長く、よろしくお願いいたします。

二〇二一年　冷たい雨の降る十月の午後に

大石　圭

本書は角川ホラー文庫のための書き下ろしです。
また、本書はフィクションであり、実在の人物や団体、地域とは一切関係ありません。

名前《なまえ》のない殺人鬼《さつじんき》
大石《おおいし》 圭《けい》

角川ホラー文庫　23474

令和4年12月25日　初版発行

発行者——山下直久
発　行——株式会社KADOKAWA
〒102-8177　東京都千代田区富士見2-13-3
電話 0570-002-301(ナビダイヤル)
印刷所——株式会社暁印刷
製本所——本間製本株式会社
装幀者——田島照久

●お問い合わせ
https://www.kadokawa.co.jp/ (「お問い合わせ」へお進みください)
※内容によっては、お答えできない場合があります。
※サポートは日本国内のみとさせていただきます。
※Japanese text only

ISBN978-4-04-113315-6　C0193

角川文庫発刊に際して

角川源義

第二次世界大戦の敗北は、軍事力の敗北であった以上に、私たちの若い文化力の敗退であった。私たちの文化が戦争に対して如何に無力であり、単なるあだ花に過ぎなかったかを、私たちは身を以て体験し痛感した。西洋近代文化の摂取にとって、明治以後八十年の歳月は決して短かすぎたとは言えない。にもかかわらず、近代文化の伝統を確立し、自由な批判と柔軟な良識に富む文化層として自らを形成することに私たちは失敗して来た。そしてこれは、各層への文化の普及滲透を任務とする出版人の責任でもあった。

一九四五年以来、私たちは再び振出しに戻り、第一歩から踏み出すことを余儀なくされた。これは大きな不幸ではあるが、反面、これまでの混沌・未熟・歪曲の中にあった我が国の文化に秩序と確たる基礎を齎らすためには絶好の機会でもある。角川書店は、このような祖国の文化的危機にあたり、微力をも顧みず再建の礎石たるべき抱負と決意とをもって出発したが、ここに創立以来の念願を果すべく角川文庫を発刊する。これまで刊行されたあらゆる全集叢書文庫類の長所と短所とを検討し、古今東西の不朽の典籍を、良心的編集のもとに、廉価に、そして書架にふさわしい美本として、多くのひとびとに提供しようとする。しかし私たちは徒らに百科全書的な知識のジレッタントを作ることを目的とせず、あくまで祖国の文化に秩序と再建への道を示し、この文庫を角川書店の栄ある事業として、今後永久に継続発展せしめ、学芸と教養との殿堂として大成せんことを期したい。多くの読書子の愛情ある忠言と支持とによって、この希望と抱負とを完遂せしめられんことを願う。

一九四九年五月三日

死体でも愛してる

大石 圭

舐めたい。食べたい。ひとつになりたい。

台所に立っていると落ち着く。料理をすると心が凪いでいく。だからわたしは、最愛の夫が死んだ今日も包丁を握る。「彼の肉」で美味しい料理を作るために。日増しに美しくなる娘に劣情を抱く父親、コンビニ店員に横恋慕した孤独な作業員——「異常」なはずの犯罪者たちの独白を聞くうち、敏腕刑事・長谷川英太郎には奇妙な感情が湧き……。供述が生んだ悲劇とは!?　あなたの心奥にひそむ欲望を刺激する、予測不可能な犯罪連作短編集。

角川ホラー文庫

ISBN 978-4-04-109873-8

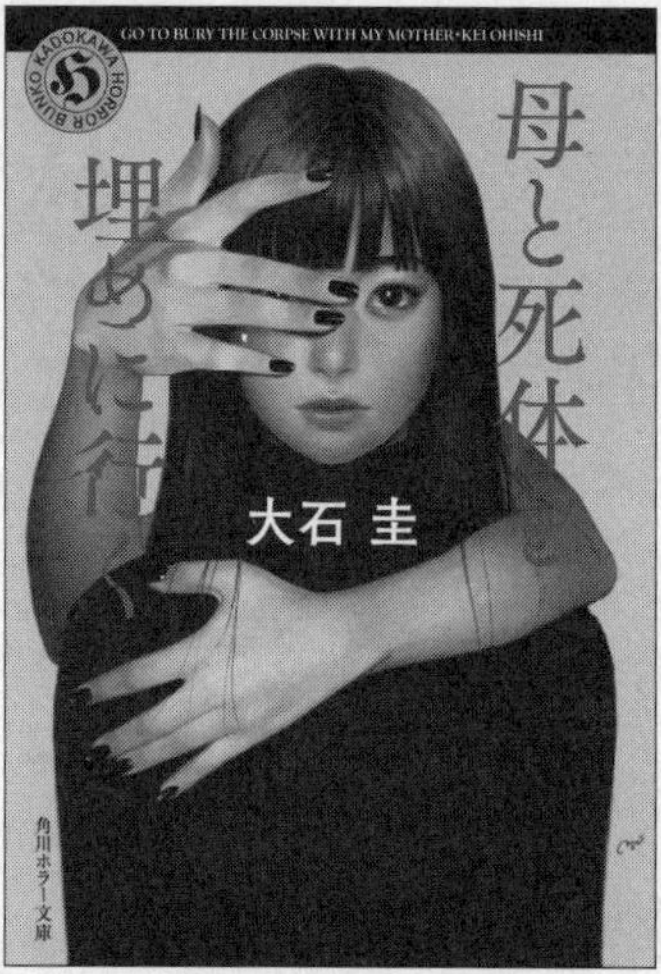

母と死体を埋めに行く

大石 圭

ざらつく感動が残る毒親サスペンス!

わたしの家は、クラスの子たちと、どこか違う——。若月リラ、18歳。母のれい子は美しく、街行く人が皆振り返る。しかしそれは表の顔。れい子はリラを従属物のように扱う『毒母』だった。ある日リラは、不穏な様子のれい子から手伝いを命じられ、車に乗せられる。そこには見知らぬ男の死体が！　驚くリラだが、母に逆らえず、一緒に死体を山奥に埋める。それが悲劇の始まりになるとも知らずに——。驚愕のラストが待つサスペンス！

角川ホラー文庫

ISBN 978-4-04-111983-9